破滅まっしぐらの転生悪役令嬢ですが、いつの間にか執着皇子の溺愛ルートに入っていたようです

高峰あいす

✦

Illustration
SHABON

gabriella books

この作品は書き下ろしです。

破滅まっしぐらの転生悪役令嬢ですが、いつの間にか執着皇子の溺愛ルートに入っていたようです

contents

プロローグ　不穏な始まり

加奈《かな》はこれまで、運命とか奇跡なんて信じてはいなかった。
早くに両親を亡くした自分に、世間は厳しい。
けれど懸命に努力すれば、それなりに報われることもあると知った。
だからこれまで地道に努力を続け、真面目に生きてきた。
なのにどうして、こんなことになったのだろう。
終電間近の駅の改札をのろのろと通り、ホームへと続く階段へ向かった。
酔っているせいか足もとはふらつき、視界も狭い。
タイミング良く最終電車の到着を告げる駅員の声が聞こえて、加奈はほっと息を吐く。
誰かが側で何か言っているが、よく聞こえない。
そもそも自分が何故こんなに酔っているのかも分からない。
体が鉛のように重く、早く帰りたくて加奈はおぼつかない足取りで階段を下りる。
次の瞬間、背後から強い衝撃が加わり体が浮いた。
「え？」

スローモーションのように、視界が揺れる。

――階段から落ちた？　ううん、誰かが押したんだ。……怪我したら会社に行けなくなる……。

やけに冷静に、この状況を分析している自分がいる。

そう考えている間にも宙に浮いた体は、容赦なく階段に叩き付けられ転がり落ちる。

頭を打ったのか、目の前が真っ白になり周囲の音も消えた。

――誰か……助けて……。

手を伸ばそうとしても、指先すらも動かない。

ああ、ここで自分は死ぬのだと加奈は直感する。

『……春鈴《しゅんりん》！　こっちだ！』

誰かの声が聞こえ、温かな光が加奈を包む。

――死ぬ瞬間って、こんなに穏やかなのね……。

声のする方に意識を向けるけれど、視界は白いままだ。

加奈は白い光に身を委ねるようにして目蓋《まぶた》を閉じた。

＊＊＊＊＊

「――その者を捕らえよ！　死罪だ！」

厳しい叱責の声に驚いて、神原《かんばら》加奈は意識を取り戻した。

「っ……」

起き上がろうとしたけれど、視界が霞《かす》んで頭もクラクラする。足や背中もひどく痛み、とても自力で動けそうもない。

――えっと私……そうだ、駅の階段から落ちて……。気絶したの？

ぼんやりと記憶が戻ってきて、加奈は自分の状況を把握しようと目蓋を開く。その僅かな動作さえ、ひどく億劫だ。

「宰相様、春鈴様がお気づきになりました」

周囲には人だかりができており、中年の女性が心配そうに加奈の顔を覗き込んでいた。

「しゅん、りん？」

全く違う名前で呼ばれた加奈は、周囲の状況に違和感を覚える。駅で倒れたのだから、人だかりができるのは当然だ。けれど青ざめた顔で覗き込んでくる女性の姿からして、何かがおかしい。

――服……着物？　じゃない……中華ドラマで見るやつだ。

所謂『漢服』と呼ばれる着物を纏っているのは、その女性だけではない。加奈を取り囲む男女全員が、漢服姿なのだ。

「おお、我が娘。愛しい春鈴。何処か痛むか？　国一番の医者を呼びに行かせたから、もう少しだけ我慢してくれ……おい、医者はまだか！」

女性を押しのけるように、初老の男性が視界に飛び込んでくる。心から心配してくれていると分かるけれど、男性の言葉に加奈の違和感は確実なものとなった。

加奈の両親は、中学生の時に事故死している。それに記憶にある父は、この男性のように顎鬚など伸ばしてはいなかった。

――これは、夢？

そうとしか考えられないけれど、夢でも痛みは感じるものなのだろうかと疑問に思う。何が何やらさっぱり分からず呆然としている加奈に、父と名乗る男はとんでもない事を言い出した。

「怖い思いをさせてすまなかった。側仕えの人選を間違えた私の責任だ。……しかしあの奴隷上がりの女中め、恩を仇で返すとは許せん。見せしめに広場で処刑をしよう。お前も見たいと言っていたから丁度いい」

いくら夢でも、処刑なんて見たくはない。それに自分が関わっているとなれば、絶対に嫌だ。

「お父様……いけません……」

どうにかして止めようと口を開いた加奈は、ごく自然に男性を『お父様』と呼んだ自分に驚く。

第一、自分が階段から落ちた原因は別にある。

「しかし春鈴……」

困惑する男性の服を掴み、加奈は必死に訴えかけた。

「とにかく、処刑は止めてください！」

「分かった、分かったから落ち着きなさい春鈴。傷に障る――」

「医者が到着致しました」

少し離れた場所から、誰かが叫ぶ声が聞こえた。

――お医者さん……私、助かるの？

「もう大丈夫ですよ、春鈴様……春鈴様？」

体を擦《さす》ってくれていた女官の呼びかけに応えようとしたけれど、頭がぼんやりとして視界が霞み声も出ない。

加奈は混乱したまま、気絶するように眠ってしまった。

＊＊＊＊＊

「……私、生きてる？　当たり前か」

目覚めた加奈は、昨夜見た奇妙な夢のことを思い出していた。

「それにしても、やけに生々しかったな……？」

昨夜は駅の階段から転げ落ちた所までは憶えているが、その後の記憶がない。だが幸い、誰かが病院に運んでくれたようだ。

寝返りを打った加奈は、そこでやっと違和感に気付く。

今寝ているベッドは明らかに病院にあるシングルのそれではない。第一、天蓋《てんがい》なんてついてないはずだし、こんな高級羽毛布団でもないだろう。

「お目覚めになられたのですね！」

寝台から起き上がってぼんやりと室内を見回していると、昨夜夢に出てきた中年の女性が部屋に入ってきた。そして座っている加奈を見ると、悲鳴を上げて駆け寄ってくる。

「よかった……お加減はどうですか？　どこか痛むところはございますか？」

心からほっとした様子で目に涙を浮かべる彼女もまた、中華ドラマに出てくる女官のような着物を着ていた。

「あの、私……どうして？」

「階段から落ちた後、一晩眠り続けていたのですよ」

それは憶えている。しかし加奈が聞きたいのは、何故自分がこんな所にいるのかという疑問だ。

視界に入る家具や調度品は、テレビでしか見たことのないものばかり。

明らかに自分は今、日本ではない別の国にいるのだと加奈は何故か理解する。

「あのような事があって、驚かれて当然です。今日はゆっくりとお休みください。犯人の奴隷は捕らえてありますので、ご安心くださいませ春鈴様」

『春鈴』と呼ばれた瞬間、加奈の頭の中に大量の映像が流れ込んでくる。正確には自分ではない『春鈴』という人物の、生まれてからこれまでの記憶が次々と脳裏に浮かんできたのだ。

それと同時に、『加奈』の記憶がゆっくりと薄らいでいくのが分かった。

「……なにこれ？」

額を押さえた加奈の背を、側に控えていたもう一人の侍女が労るように擦る。

「頭が痛みますか？　医者を呼んで参りますので、横になってください」

「ちょっと待ってください」

記憶があやふやになる前にメモをしなければと、咄嗟《とっさ》に加奈は考えたのだ。こうしている間にも『加奈』の記憶はどんどん朧気になってく。

「春鈴様？」

「私のスマホ、どこですか？」

「すま、ほ？」

部屋を出て行こうとする侍女を呼び止めると、怪訝そうに問い返された。

――この記憶が本当なら、この世界にスマホはない……どうしよう。

「ええと、何か書くものをください！」

「はい、畏まりました。どうかお許しを……」

なぜか侍女は怯えた様子で頷くと、寝台の側を離れて隣室に駆けていく。そして筆と紙を手に戻ってきた。

手早く硯《すずり》と水も用意し、小さな文机を加奈の側に置いてくれた。

「ありがとう」

お礼を言って筆を手にしたものの、加奈ははたと気づく。

——習字なんて、小学校以来なんだけど……。

しかし迷っている暇はない。意を決して筆を握り、墨に浸す。そして真っ白い紙に、まず自分の名前と年齢、そして簡単な生い立ちを書き留めた。

『神原加奈、二十五歳。両親は他界しており、叔母に育てられた。現在は自立した生活をしている』

——あれ？　私、こんな綺麗に筆で書けたっけ？

感覚としては、ボールペンでメモを取る時と似ている。墨を滲ませることもなく書かれた文字は、まるで書道の先生が書いたような達筆だ。

一瞬驚いたものの、ともあれ書くことができると分かった加奈は、消えていく『加奈』の記憶を急いで書き留めていく。

自分は都市銀行に勤める、ごく普通の会社員であること。そこで出会った男性社員と恋人同士になり、結婚を前提にした付き合いをしていたこと。

そして、寿退社が決まった直後に婚約者の浮気が発覚し——

「思い出した」

苦く辛い記憶で、あの時はこれが夢であったらと何度願ったか分からない。欺《だま》されていたと知ったショックと悲しみの感情が、今更ながら蘇る。

だがここで手を止めてはならないと、頭の中で何かが警鐘を鳴らす。訳の分からないこの現状を突破するためには、『加奈』の記憶が必要なのだと何かが囁く。

加奈は涙を堪えながら、できるだけ当時の記憶を細かく書き留めた。

婚約者の浮気が発覚した直後、二人の仲人が会社の専務だったため、彼が謝罪の場を設けたいと言い出したのだ。渋々出向いた居酒屋で婚約者は「誤解がある。欺されたんだ」と明らかな嘘を吐いた。

素直に浮気を認めて謝罪してくれたなら、関係修復も視野に入れていた加奈は、その一言で一気に冷めてしまった。

浮気相手と手を切ると話す婚約者に加奈は、きっぱりと婚約破棄を告げた。その後、婚約者は最後に素直な気持ちを語りあいたいからと、加奈を行きつけのバーに誘った。

そこからの記憶は、何故かあやふやだ。

お酒に強かった加奈はその日に限って、どうしてか足もともおぼつかないほどに酔っ払ってしまったのである。憶えているのはバーを出た後、婚約者に支えられて駅まで行き、ホームに続く階段で誰かに押されて転げ落ちた。

そこで前世の記憶は途絶えている。

――いったい誰に押されたんだろう……。

当時の終電間際の改札は人で溢れていた。だが一番近くにいたのは駅まで送ってくれた婚約者だ。

――もし、バーテンダーと婚約者がグルだったら……勧められたあのお酒に、睡眠薬が入っていたのかも？　でも証拠はないし。

一方『春鈴』も、誰かに背中を押されて階段から転げ落ちた。恐らくその衝撃で、『加奈』の記憶を思い出したのだろう。

ふと手を止めて、当時の状況を思い返す。

文字として書き留めたことで、記憶が薄れていく感覚は止まっていた。かといって、現在の『春鈴』の記憶が無いわけでもなく、『加奈』と『春鈴』が混ざったような、奇妙な感覚に陥っていた。

――私は加奈……だけど春鈴でもある。どっちなの？

現状が上手く整理できず考え込んでいると、父の亜門《やもん》が見舞いに訪れたと侍女が伝えてくれる。

加奈は父を通すように告げて、記憶を書き留めた紙を咄嗟に枕の下に隠した。

「春鈴！　ああ、よかった。お前にもしもの事があったら、私は生きていけないよ」

寝室に入ってきた亜門は、加奈の寝台に近づくとぼろぼろと涙を流し始める。

「大げさですよ、お父様」

目頭を押さえて涙ぐむ亜門は、どこにでもいる子煩悩な親だ。しかし『加奈』の両親は、既に亡くなっている。なのに今の自分は、この初老の男性を父親だと認識している。

――訳が分からないわ……でも、春鈴と亞門……この名前、知ってる。……そうだ！『亡国の龍姫』に出てくるキャラの名前だ！

加奈の手を取り嗚咽する男性は、愛読していた漫画の悪役『蘭《らん》亞門』その人だ。この霧《しゃ》国を幼い王に代わり、裏で操る宰相。冷酷非道と恐れられ、己がのし上がるためには娘の春鈴すら道具として使うような性格で物語のラスボス。

そしてその娘、春鈴は物語の中で『最凶の悪女』と二つ名が付く極悪人。

――てことは、私……あの悪女なの？

思わず両手で顔を触ると、長い黒髪が指に絡む。加奈の髪は確か肩口で切りそろえていたので、こんなに長いはずはない。

「あ、あの。お父様、鏡はありますか？」

「誰か！　鏡を持ってきてくれ。安心しなさい、お前の美しい顔に傷はついていないよ――ほら見てご覧」

侍女が持って来た手鏡を受け取り、加奈はその鏡面を覗き込む。そこには自分の知っている『加奈』の顔ではなく、漫画では大陸一の美女と表現される『春鈴』が映っていた。

真っ白い肌に赤い唇。黒く大きな瞳に、長い睫。絹に夜を織り込んだと称えられる、腰まで伸びた長い髪。一目見ただけで男を虜にすると言われる美貌の持ち主だ。

――春鈴、だ……。

自分が呼ばれる名前や状況から、どうやらこの信じがたい現実は加奈が愛読していた漫画、『亡《ぼう》国《こく》の龍姫《りゅうき》』の中であると認めざるを得ない。

この『春鈴』と呼ばれるキャラクターは、ヒロインの前に立ちはだかる存在だ。

嫁ぎ先の国を混乱に陥れた挙げ句、主人公とその恋人の手で葬られる運命にある。春鈴は物語上、序盤で死ぬ。しかしその強烈なキャラと悪逆非道ぶりで、コミックの「悪役ランキング」では常に一位。

ヒールキャラとして絶大な人気を誇る、有名な悪女である。

『亡国の龍姫』自体もコミックスだけでなく、実写映画やアニメーションにもなっており、漫画を読まない層にも知名度抜群のメディアミックス作品なのだ。

「よりにもよって、春鈴だなんて……」

思わず呟くが、幸い亞門には聞こえていなかったようだ。

皆に恨まれ、無残に殺される末路を知っている加奈は、この状況に青ざめる。

そんな加奈の様子に、亞門は怯えていると勘違いしたらしい。

優しく肩を抱き、宥めるように擦ってくれる。

「私がお前と離れがたいばかりに、婚礼を先送りにした結果がこれだ。この宮廷には、お前を狙う賊が送り込まれているという噂は本当だったのだな。許してくれ、我が愛しい娘よ」

――亞門て、こんな性格だったっけ？

漫画では、亞門は己がのし上がるためには娘も道具として使うことを厭わない冷徹な宰相だったはずだ。そして春鈴も亞門に逆らうのは得策でないと判断し、本来の性格も相まって父の有能な右腕となり『悪女』の名をほしいままにした。

「保留にしていた鵬《ほう》国の太子との婚礼話を進めよう。お前ならその美貌で太子をたらし込むなど造作もない。そうすれば、身の安全は確実だ」

言っている内容はひどいが、亞門なりに春鈴を守ろうとしているのは分かるので加奈は頷く。

「だがその前に、やはりあの怪しい側仕えの奴隷を処刑しよう。すぐに準備をするから、お前は茶でも飲んで待っていなさい」

「え？」

とんでもない再びの提案に、加奈はまじまじと亞門を見つめる。しかし亞門はにこにこと笑っていた。

漫画の番外編で描かれた春鈴の過去編では、嫁ぐ前に奴隷の処刑を見たことで残虐性が芽生えたとされている。

何よりいくらこれが物語の中とはいえ、処刑シーンなんて絶対に見たくはない。

「処刑なんてしないで！」

「春鈴？」

「側仕えの子は、私の前を歩いていたわ。階段から落ちたとき、後ろにいたのは……確か、女官だったはずです」

春鈴としての記憶を手繰《たぐ》り、加奈は当時の状況を思い出そうとする。

駅での出来事とごちゃ混ぜになってはっきりと憶えてはいないが、後ろにいたのは最近側仕えとして入った若い女官だ。

「お父様、あの女官は？」

「直ぐに捜させるから、安心しなさい」

真剣な加奈の訴えに、亞門が頷く。

「それと、側仕えの子……杏里《あんり》を牢から出してください。あの子は私に必要です。私の側仕えとして部屋に呼んでください」

「ああ、分かった。全てお前の言うとおりにしよう。だから今日はもう休みなさい。ひどく顔色が悪い」

狼狽《うろた》える亞門は、ただひたすら娘を思いやる父親にしか見えない。加奈は亞門の言葉に従い、再び寝台に横たわる。

自分でも思っていた以上に疲弊していたのか、再び強い睡魔に襲われすぐに眠りへと落ちていった。

翌朝になって、加奈が目覚めると既に寝台の側には件の側仕えが控えていた。

恐らく亞門の命令で、寝ずの番をしていたのだろう。

「おはよう。あなたが、杏里ね？」

「は、はい……春鈴様」

改めて名前を確認すると、十六、七歳と思われる少女は不思議そうに頷く。無理もない、彼女からすればずっと仕えていた主人から改めて名前を呼ばれたのだから不思議に思うのも当然だ。

一晩ぐっすりと眠ったお陰か、昨日より大分頭はすっきりしている。

ようやく自分の置かれた状況も、客観視できるようになってきた。加奈は入ってきた別の側仕えに二人分の朝食を運ぶように命じ、さらに杏里と二人きりで話したいからと人払いをする。

側仕え達は怪訝そうにしながらも、反論することなく朝食の準備を整えると部屋から出て行く。

――さてと、これからどうしよう。私が『亡国の龍姫』の春鈴になったのだとしたら、現実の私は……死んでる。電子コミックでよく見る、異世界転生ってヤツよね。信じたくないけど。

ため息を吐くと、杏里がびくりと体を竦ませる。加奈の些細な言動にも、過剰に反応しているのはこれまで『春鈴』のしてきた行いに原因がある。

気紛れな春鈴は、少しでも気に入らない行いをした女官や護衛を一族ごと辺境送りにしたり、身分を取り上げて奴隷に堕としたりとやりたい放題してきたのだ。

――怯えるのも、仕方ないわね。

春鈴はこの杏里とは長い付き合いだ。奴隷として売られていた彼女を亞門が春鈴の遊び相手という名目で買い上げた。実質は春鈴の『玩具』で、春鈴は杏里に無理難題を命じては泣かせるのが趣味だった。

物語の最後に杏里は春鈴を裏切るのだが、この頃はまだ従っていたはずだ。

恐怖心から来る服従だが、側仕えの中では一番春鈴を理解しており、ある意味信頼の置ける人物でもある。

「杏里、椅子にかけてちょうだい。寝ずの番で疲れてるでしょう？　ご飯も食べて」

「ですが……」

「いきなり牢に入れられて、怖かったでしょう。でももう大丈夫よ」

「あ、ありがとうございます。春鈴様」

これまでの春鈴であれば決して言わないだろう労りの言葉に、杏里は困惑している。

――今は杏里に私の状況を説明して、心からの信頼を得るしかない。このままじゃ、国を脅かした悪女として処刑される。そんな物語を、このまま進行させるなんて嫌よ。

「聞いてほしい事があるの」

「何なりと、お申し付けください」

寝台から下りた加奈は、朝食の置かれた卓を挟んで杏里の向かい側に座る。そしてまだ立ち竦んでいる杏里を促して座らせ、お茶を勧めた。

「まずは、お礼を言わせて。階段から落ちる私を、庇ってくれたのよね。怪我はしてない？」

「お気付きだったのですか」

「あなたが身を挺してくれなかったら、もっとひどい怪我をしていたわ。本当にありがとう」

漫画でも杏里は春鈴を庇って下敷きになった描写がある。

しかしその後の展開は、庇いきれなかった脚に痣を作ったことに激怒した春鈴が八つ当たりで杏里を鞭打ちにするというひどい内容だ。

「杏里には感謝してるの。今更だけれど、これまで貴女に意地悪をしてごめんなさい。これからは奴隷ではなく私の正式な侍女として、側にいてくれないかしら」

「勿論です、春鈴様……」

感極まった様子で杏里が頷くが、不自然な春鈴の変貌ぶりに困惑が隠しきれていない。

「私が変わったって、もう気づいているわよね？　貴女は勘が鋭いもの」

物語の中でも、杏里は聡明な人物として描かれている。残念なのは長らく春鈴に従ってたために、その才覚が悪行に使われてしまったことだ。

そんな杏里の運命を変えるためにも、共同戦線は必要だと加奈は考える。

「ええと」

「その話をしたくて、人払いをしたの。長く側にいてくれた貴女だから、信頼して話すわ」

そう前置きをして、加奈は『加奈』として生きてきた世界の出来事を杏里にかいつまんで話す。

杏里の表情に僅《わず》かでも疑いの色が浮かんだら「冗談だ」と切り上げようとしたけれど、彼女は真面目に加奈の話を聞いてくれる。

「──階段から落ちた時、長い夢から覚めたような変な感じがして……私としては加奈の意識が今でも強いから、春鈴の記憶を得て混乱しているの」

するとそれまで黙って話を聞いていた杏里が、意を決したように口を開いた。

「春鈴様は、『夢帰り』をしたのではないでしょうか？」

「夢帰り？」

「夢帰りとは、ある日目覚めると別人のようになっていた昔話が由来と言われてます。霧国ではおとぎ話ですが、私の故郷や鵬国では今でも信じられております」

加奈としては『自分が物語の世界に転生した』という感覚でいたのだけれど、杏里からすれば『加奈の生きていた世界が夢』なのだ。

齟齬があっても仕方ないのは納得できるが、『加奈』として生きていた日々が夢と断言されるのはまだ受け入れがたい。

しかし物語の進行上、自分が『加奈』の記憶を持つ春鈴だと杏里が信じてくれてひとまずほっとする。

「春鈴様は、夢の世界では『加奈』として生きてこられたのですね」

「ええ。どっちが本当の自分なのか分からなくなるわ」

するとと杏里が少し考え込む。

「夢の中で過ごした春鈴様が本来の春鈴様ですので、ご安心なさいませ——差し出がましいことを申してすみません」

椅子から下りて床に平伏する杏里に、加奈は慌てた。春鈴なら従者に意見されるなどしたら、怒り狂っただろう。

しかし杏里は、それを承知の上で加奈に進言してくれたのだ。

その気持ちは有り難いし、何より今の意識は『加奈』なので、罰する気などないのだと改めて告げる。

「顔を上げて、杏里。もう私は、ひどい振る舞いはしないって約束するから。夢帰りした人の事を、もっと詳しく教えてちょうだい」

優しく問いかけると、やっと杏里は『春鈴』の性格が、夢帰りの影響で変わったのだと確信したようだ。顔を上げた彼女が、笑顔で答える。

「はい。夢帰りをされた方は今の春鈴様のように夢の記憶を持ち、性格も変わってしまうと聞きます。本来の性格に戻られる……というのが正しいかもしれません。暫くは混乱するかと思いますが、少しすれば慣れるようです」

「じゃあ、悪女だった春鈴は消えたって事ね」

「ただ感情が高ぶる事が続いたりすると、元の……その……」

「性格の悪い私に戻るってわけね」

「は、はい」

おずおずと頷く杏里に、加奈は苦笑する。杏里にしてみればこれまで散々虐められてきた相手なのだから、不安に思って当然だ。

「改めて確認するけど、正直に答えて。つまり加奈の記憶を持って夢から戻ってきた私は、昔の春鈴のようにむやみやたらに怒ったりしなければ、今のままでいられるって事よね」

念のため、少し突っ込んだ確認をしてみると杏里は怯えた様子ながらも頷いた。

「そうです」

杏里の言うとおりなら加奈の記憶は保たれたままなので、処刑エンドは回避できる可能性は高くなる。

――そうだ『亡国の龍姫』の本編が始まる前に、地方にでも逃げちゃえばいいのよ。幸い春鈴は個人的に財産があるし、地方に別荘もあったはず。悪さをしないで大人しく引きこもってれば、本編に巻き込まれる事もないだろうし。

加奈としては、特別贅沢をしたいわけではない。

仕事をせず暮らしていける財産があるなら、それで十分だ。

「分かったわ。私は蘭春鈴として生きます。非道な事ばかりしていた過去の自分は捨てて、慎ましく平和路線で生きる道に変更します」

唐突な宣言に、杏里がぽかんとしている。彼女からすれば、意地悪な女主人が全く逆の性格になったのだから、夢帰りと分かっていても戸惑うのは無理もない。

「なんか面倒な事になっちゃったけど、これからもよろしくね杏里」

「も、勿論です。春鈴様。私は春鈴様に生涯を捧げると誓っております。どこまでもお供いたします」

——よっぽど春鈴が怖いのね。もうちょっと打ち解けてくれたらいいんだけど。

とにかく今は、自分が処刑されないように物語を変えなくてはならない。

難しすぎる課題に、春鈴は内心頭を抱えた。

一章　運命の出会い

数日後、春鈴は急遽隣国である『鵬』に向かう事となった。

嫁入り道具の荷を山ほど乗せた馬車が数十台。

それだけで春鈴はひっくり返りそうになったが、父の亞門は「娘に恥をかかせるわけにはいかない」と言い張り、後日さらに荷を送ると涙ながらに話してくれた。

元々鵬国の太子に嫁ぐ事は決まっていたが、これまでずっと父である亞門が「日が悪い」とか「占いの結果が良くなかった」などとあれこれ文句を言って引き延ばしてきたらしい。

しかしその話を女官達から聞かされた春鈴は、違和感を覚える。

――確か婚礼の延期は、隣国との関係悪化が理由だったはずよね。

居心地が好いように絨毯《じゅうたん》が敷き詰められた馬車の中で、春鈴は国を発ってからずっと考え込んでいた。

鵬国と霧国は長い間、平和な関係を築いていた。だが霧国の先帝が病に倒れ、亞門が幼い皇帝の後見を引き受けてからは、外交の政策を転換し鵬国との国交は一方的に絶ってしまった。

商人の行き来は限られた者のみ許可されているものの、両国の関係は悪化の一途を辿っている。

しかし数年前、亜門は突如『以前のような友好的な関係に戻りたい』と鵬国に手紙を送る。そして、友好の証として、娘の春鈴を嫁がせるのだ。

これが物語の大まかな流れである。

ただ話は当然、これでは終わらない。亜門は春鈴の結婚を機に、鵬国を乗っ取る計画を立てていたのだ。そして春鈴も、父の考えに賛同し太子の暗殺を企てる。

——でもその計画は未然に防がれた上に、これまでの悪事も暴かれて春鈴は処刑される。……それだけは絶対に避けなきゃ。

「……それにしたって、こんな沢山の荷物。どうしろって言うのよ」

これが王族の嫁入りなら頷けるが、春鈴はあくまで宰相の娘。貴族のトップではあるけれど、ここまで豪華な嫁入りは前例がないと聞いていた。

「春鈴様が、お母上の忘れ形見だからですよ。宰相様は春鈴様の事は目に入れても痛くないと、公言してらっしゃいましたし。お別れの時もずっと泣いていらしたじゃないですか」

向かいに座る侍女の杏里に言われて、春鈴ははっとする。母は春鈴が幼い頃に亡くなっていて、ほとんど記憶にない。

冷酷非道な宰相と恐れられる亜門だが、春鈴には深い愛情を注いでいたようだ。

ただが同時に、春鈴は父から「太子を殺せ」と命じられている。この結婚も父が隣国に攻め込むために、制しやすいよう内乱を起こさせるのが本来の目的だ。

本来の話の流れは、着実に進行している。

――やっぱり亞門は、冷徹な宰相なのよね。

当然ながら、そんな恐ろしいことに春鈴は加担したくないし、何より殺されたくない。

このまま進めば、加奈が愛読していた漫画と同じ結末を迎えてしまう。それを阻止するには、自分のこれからの行動が鍵になる。

幸い『亡国の龍姫』の主人公は、「燐美音《りんみおん》」という女性だ。なので漫画では、美音を中心として物語が描かれている。

いくら人気があったとはいえ、悪役である春鈴の細かな行動までは本編で描かれていない。しかし鵬国に嫁いでから悪事の限りを尽くし、最後には美音とその仲間達の手で処刑されることは決定している。

「杏里。鵬国に着く前に、話しておきたいことがあるの」

侍女として付いてきてくれた杏里には、もう隠しておく必要もないだろう。むしろ杏里も、本編では裏切る寸前までは自分に仕えてくれるのだから運命共同体と言っても過言ではない。

春鈴はこの世界が『夢帰り』をしていた時に読んだ物語の中とそっくりであり、自分と杏里がどのような結末を迎えるのか正直に告げた。

「――鵬国で散々ひどい事をした私は、主人公達の手で処刑されるわ。杏里は生き延びるけど、私を裏切ったその後のことは詳しくは書かれていないの」

杏里は命じられたとはいえ、悪女春鈴に味方し悪事に加担した側である。処刑こそ免れたが、その後は恐らく追放されたと考えるのが妥当だ。

「春鈴様を処刑？　ですが今の春鈴様は、お優しい姫君ですよ？」

「けれどいくら私が夢帰りをして悪女でなくなったとしても、物語は進むでしょう？　何とかして話の筋を変えて、処刑を避けたいの」

「私は春鈴様を裏切ったりなどしません。そりゃあ今まで、色々ありましたけど、夢帰りをされた春鈴様はお優しくて、これ以上にない素敵な主人です。だから私は、春鈴様をお守りするためならなんでもします！」

余程信頼してくれているのか、杏里は語気を強める。

夢帰りをしてから、春鈴は可能な限り杏里と二人きりの時間を過ごすよう努めた。勿論、現状の情報収集の目的もあったが、何より彼女と信頼関係を築くのが最優先と考えたからだ。

最初は怯えていた杏里だったが、根気強く話しかけることで今では大分打ち解けてくれた。

今の自分にとって、この杏里が唯一の味方だ。春鈴は彼女の手を取り、じっと目を見る。

「私の話を信じてくれてありがとう。私が無事に生き延びられたら、杏里も自由になれるように取り計らうから安心して」

「何を仰るんですか。私は春鈴様の従者として、お側にいますよ。側仕えは美しく聡明な姫君にお仕えすることが、何よりの幸せなんですからね」

奴隷出身の杏里は、もし自由の身となって新たな貴族に仕えたとしても良い待遇は得られない。現状でも、霧国の宰相の娘である春鈴の側仕えである方が、周囲からも見下されずに済むのだ。仕える側からすれば、主人の地位が高ければ高いほど良いのは事実である。

――杏里は確実に私の味方だわ。あとはこの結婚を回避して、上手く地方に逃げるだけ。そのためにはまず、主人公である美音に接触しないと……。

馬車の中であれこれと今後の計画を練っているうちに、一行は鵬国へと入った。

行く先々で盛大な歓迎の宴が開かれたが、みなどこか怯えているように見えるのは気のせいではないだろう。

――悪女だって噂が、鵬国内にも広まっちゃってるってわけね。

誤解を解くにしても、すぐにとはいかないだろう。杏里からも『今は結婚相手の太子に嫌われない方法を考えるべきだ』と説得され、春鈴は宴には出ず殆どの時間を馬車の中で過ごした。

そしてさらに移動すること三日、やっと皇宮のある都に到着した。

「思っていたより、活気がないわね」

「先帝が亡くなってから、経済が上手くいっていないと聞いております。……あくまで噂ですが、宰相様の手のものが、暗躍しているとかいないとか」

「そうだった……」

父、亜門の真の目的は、霧と鵬の両国を手中に収める事だ。霧国の皇帝が病で亡くなった数年後、今度は鵬国の皇帝も亡くなったのだ。

つまり亞門はこれを好機と捉え、鵬国を内部から壊す工作を行っている。

「まずはそれを止めさせないとだけど……どうすれば……」

「落ち着いてください、春鈴様。まずは結婚相手である太子の信頼を得ましょう」

「けど、その太子が一番の難関なのよ」

春鈴は大きなため息を吐く。

物語の中で太子は、殆ど春鈴と会話をしないのだ。婚礼も儀礼的なもので終わり、春鈴が正妃となっても寝所へ通うこともしない。

霧国との関係に頭を悩ませる官吏《かんり》達から窘められても、あからさまに嫌っているという描写が山ほど出てくる。

というか、嫌悪している描写しかないのだ。

——まあ、私が嫁いでくる頃には主人公の美音と良い感じになってるわけだし。わざわざ悪女と名高い私と仲良くする理由もないわよね。

鵬国の先帝は特別優れた人物ではなかったが、少なくとも民の暮らしを脅かすような政策は執っていない。なのにここ数年で皇都までもあきらかに飢えた民が増えたのは、春鈴の父、亞門が裏で政治を操っているからだ。

太子は飢えた民衆を案じ、身分を偽り自ら町に出て視察を行う。そして民の話を聞くうちに、太子は霧国が自国の政治に介入しているのではと疑いを持つようになる。

そして、辺境からやってきた主人公、美音と出会うのだ。

――鵬国の太子。龍青藍《ろんせいらん》……婚礼前には美音にベタ惚れなはずだから、下手に関わるより放置の方が安全かも？

下手に誤解を解こうとして動くより、大人しくしていた方がいいだろう。

こちらから美音に手出しをしなければ、青藍がアプローチをして勝手にくっついてくれるはずだ。

――あとは頃合いを見て、私から離縁を切り出せば問題なし！　よし、これでいこう！

側仕えの仕事にプライドを持っている杏里には悪いが、春鈴は妃になるつもりはない。無残に処刑される可能性を完全に排除するためには、できるだけ早くこの国から出る必要がある。

皇宮の大門を入って暫くすると馬車が停まり、従者が扉を開けた。ここから先は武官の担ぐ輿に乗り換えるのだ。侍女の杏里と共に馬車から降りた春鈴は、目の前に広がる光景に息をのむ。

広大な石畳の広場には、皇帝に仕える者達が整然と並んで平伏している。そして進む先には、巨大な宮殿の屋根。

見えている建物は宮殿のほんの一部に過ぎないと漫画の描写で知ってはいたが、いざその場に立つと思わず感嘆のため息を零してしまう。

――霧国の宮殿も立派だったけど、鵬国も凄いわね。

霧国と鵬国の国力は、現在ほぼ同等だ。この均衡を崩すには内部から手を加える方が早いと、亞門は判断し春鈴も賛同している。けれどそれは、物語の中での話。

陰謀や戦争なんて今の春鈴からすれば絶対に避けたいし、巻き込まれるのもご免だ。

――ともかく、大人しくしてよう。悪い事をしなければいいんだし……。

輿に乗り込もうとしたその時、整然と並んでいた人々の中から一人の青年が飛び出してきた。

「春鈴！」

――え、なに？　いきなり暗殺されるの？

そんなアクシデントはなかったはずだが、現状自分は悪女として知られた存在だ。まだ人を殺めるような事はしていないけれど、気紛れで理不尽な性格だと鵬国でも噂になっている。

太子との婚礼を快く思わない者がいても、おかしくはない。

思わず身構えると青年が笑顔で近づき、いきなり春鈴の両手を握った。

「会いたかったよ！　春鈴姉様」

目の前で満面の笑みを浮かべる青年は、紛れもなく鵬国の皇太子・龍青藍その人だった。

そして加奈が一番に『推し』ているキャラだ！

文武に優れているが、少し抜けたところもある気のいい皇太子。番外編では野盗に襲われていた老夫婦を助け、孤軍奮闘する勇猛果敢なエピソードもある。女性に弱いのが玉に瑕だが、真面目なだけではないそのギャップのある性格故にファンは多い。

『加奈』も青藍のビジュアル面だけでなく、性格に惹かれたファンの一人だ。

長く少し癖のある明るい茶色の髪に、緑の瞳。彫りの深い顔立ちは、漫画の通り。いや、数倍は格好いい。

――……実写映画の俳優さんより、もっと素敵なんだけど……。

国内のみならず、海外でもぴったりだと評判だった俳優が霞むほど、『本物の青藍』は美形で春鈴は見とれてしまう。

「どうしても式典の前に一目見たくてさ。文官の格好して紛れてたんだ。本当は会うのは駄目って言われてたんだけど、春鈴姉様の姿を見たら我慢できなくて」

――顔も声も想像通り。ううん、それ以上だわ……私の推し、最高!

ぼうっと見とれていた春鈴だが、はたと自分の置かれた状況を思い出す。彼は女性に対しては身分を問わず優しいけれど、春鈴にだけは嫌悪とも呼べる感情を露わにしていたはずだ。

「あの、本当に青藍様?」

「そんな他人行儀な呼び方は止してほしいな。以前のように、青藍でかまわないよ」

心から嬉しそうに話す彼からは、敵意も悪意も感じない。

しかし春鈴の記憶では、二人の出会い――というか青藍側から見た場面だが――は、素っ気ない描写のはずだ。

――どうして青藍が式典の会場にいるの? 確か『皇宮に入った春鈴を、窓からつまらなそうに眺めている青藍』みたいな感じだったわよね。それに『姉様』ってどういうこと?

ただただ唖然としている春鈴に構わず、青藍はさらに大胆な行動に出た。なんと従者や官吏が居並ぶ中、周囲の目も憚らず春鈴の腰を掴むと『高い高い』をするように抱き上げたのだ。

「な、なに？」

驚いて身を捩るが、青藍の逞しい腕はびくともしない。落とされないように咄嗟に彼の腕を掴むと、それすら嬉しいのか青藍は春鈴を持ち上げたままくるくると回り出す。

「俺の宝石！　やっと君を妃として迎える事ができた」

喜びを爆発させる青藍に対して、春鈴はこの度を越した歓迎ぶりが理解できない。

——処刑までの間、直接会うことも殆どなかったのに。どうして……。

青藍の行動に困惑しているのは、春鈴だけではない。特に鵬国の官吏達は、太子の行いを諫めることもできず青ざめている。

その時、低く威厳のある声が響き渡った。

「これでは儀式を進められませんよ、太子。皇太后のお言葉を受け給わなければ、春鈴様は妃として皇宮に入ることができないのですよ。それでもよろしいのか？」

現れたのは額に傷のある大男。武具の所持を許可されていない式典で、唯一帯刀を許されている彼は太子である青藍にも臆さず苦言を呈した。

——崑雲嵐《こんうんらん》！

彼は青藍の幼なじみで、現在では直属の護衛官を務める人物だ。武に秀で、青藍の信頼も厚く

『亡国の龍姫』の作中でも、重要な役割を担うのだが……。

――春鈴を警戒して密かに動向を探るんだけど、春鈴の方が一枚上手で逆に籠絡されちゃうのよね。

ある意味、この男と関係を持ったことで春鈴の悪女伝説に拍車がかかると言っても過言ではない。

「太子、席にお戻りください。春鈴様、我が太子の無礼。失礼致しました」

丁寧な物言いだが、春鈴に向ける眼差しは冷たく表情も硬い。あからさまな敵意を感じ取り、春鈴は背筋が冷えるのを感じた。

「分かったよ。春鈴姉様、また後でな」

名残惜しそうに春鈴を下ろすと、青藍が雲嵐に付き添われて正殿の方に戻っていく。

「それでは春鈴様。輿へお乗りください」

「ええ、ありがとう」

式典を進める係の官吏が気を取り直し、春鈴を輿へと誘う。そしてやっと春鈴を迎える儀式が始まったのだが、全て記憶している話の内容と違っていた。

まず正殿に入ると病で臥せっているはずの皇太后が、御簾《みす》越しとはいえ直接言祝ぎを行った。他にも春鈴と青藍の婚礼を快く思わない貴族が大半で列席していないはずなのに、広間には高官を含め大勢の貴族が集っていたのだ。

――確か漫画だと数人の高官が出迎えただけで、青藍も皇太后も来てないのに……。

前の皇帝、つまり青藍の父は、狩りの最中に落馬事故で死亡している。その結果、青藍は父の死は狩りに誘った自分の責任だと思い込み、跡を継ぐことに消極的になってしまった。

そんな太子に皇太后は皇帝の自覚を持たせようとして、仮病を使っている設定のはずである。

そして本来の春鈴は、太子の弱さにつけ込んで『駄目皇帝』の噂を流し、手駒にした雲嵐を使い政治を乗っ取るのだ。

何度も読み返した漫画だから、自分の記憶が間違っているとは思えない。とすれば、違っているのは現状の方だ。

――なんで？　どうして……？

考えている間にも式典は滞りなく進み、日が暮れる頃になってやっと春鈴は後宮へ入ることを許された。

＊＊＊＊＊

――やはり彼女は、なにも変わっていない。

式典の最中、青藍は御簾越しに春鈴を見つめていた。

少し離れた上段の椅子には、母である皇太后が座っている。父が亡くなってから臥せっている事の多い母だが、今日は御殿医の反対を押し切ってわざわざ正殿で行われる入内の儀に出てくれたのだ。

先程、広場で見た春鈴は、幼い頃の面影を残したまま美しい女性になっていた。春鈴の方が年上だと分かっているけれど、どことなく幼さの残るその愛らしい容姿は、かつて共に野原を走り回った彼女となんら変わらない。

――何が『悪女』だ。一体誰が、そのような馬鹿げた噂を流したんだ。

どこからどう見ても、春鈴は可憐な女性だ。確かに気の強い性格ではあったけれど、無意味な暴力は嫌っていたと記憶してる。

しかしいつの頃からか、春鈴に関する妙な噂話が鵬国の皇宮内にまで入り込んでくるようになった。当初は『春鈴の美貌をうらやんだ貴族が流した噂』と、誰も相手にしなかった。

けれど気が付けば、長年の友であり側近でもある雲嵐でさえ、今回の結婚を反対するほどに春鈴の噂は真実として語られるようになっていたのだ。

勿論、青藍は下らない噂話だと一蹴した。しかし臣下の殆どは『太子は春鈴の美貌に目が眩んでいる』と、あざ笑いさえする有様。

流石に雲嵐や側近が咎めはしたものの、春鈴に対する誹謗中傷までは否定しない。

そんな中、春鈴は嫁いで来てくれたのだ。宰相の娘であるから、鵬国での自分の評判は聞き知っているだろう。しかし臆することなく皇宮へ入った彼女の勇気を、青藍はただただ尊敬した。

式典もつつがなく終わり私室に戻った青藍は、護衛として側についている雲嵐に春鈴の印象を尋ねてみる。

「――忌憚のない意見を聞きたい」

「分かりかねます」

即答されて、青藍は苦笑する。

この生真面目な大男は、全くの忖度無しに意見を言ってくれる。だからこそ、この言葉は詰まるところ『迷っている』のだと青藍は気付いたのだ。

鵬国や青藍に害を成すと見定めれば、雲嵐は容赦なくそう言っただろう。

しかし答えを保留したという事は、あの短時間で春鈴の本性を見極めきれなかったという事だ。

「俺にはとても、春鈴姉様が悪女だなんて思えないよ」

憶えているのは、優しく微笑ましい思い出ばかりだ。

一緒に野原を駆け、剣術の稽古や勉強をした。歳はそう離れていないけれど、見聞の広い春鈴は自分を『姉』と呼ぶように青藍に言った。

腹違いの弟妹は多いが、みな青藍より年下だったので春鈴の申し出は本当に嬉しかったと憶えている。春鈴も『春鈴姉様』と慕って後をついて回る青藍を、実の弟のように可愛がってくれた。

――まあ、俺としてはあの頃から春鈴を娶るつもりでいたんだけど……気付いてないよなあ……。

幼いという事を抜きにしても、春鈴は恋愛感情に鈍感だった。

だからこそ、『毒婦の素質がある』等という噂を聞かされたときは、本気で激怒した。

「思い出に浸っているところ申し訳ございませんが、政務を……」

「ああ、うん」

書記官が抱えてきた書簡を机に置くよう雲嵐が指示を出す。次期皇帝として、やることは山積みだ。ため息を吐いて仕事に取りかかろうとしたその時、裏庭に続く扉から下女が入ってくる。

彼女は雲嵐の部下で、男子禁制の後宮内の様子を探らせるために放ってある私的な密偵だ。執務室に自由に出入りできる特別な権限も与えられてる。

「どうした？」

雲嵐が問うと、彼女は雲嵐の側に進み出て小声で何ごとかを告げる。特別とは言っても、下女は直接青藍と言葉を交わすことは許されていない。

伝え終わると、下女は入ってきた時と同じように音もなく裏の扉から出て行った。

「早速、女官どもが春鈴様に非礼を働いたようです」

「全く何をしているのだ」

思わず卓を叩く。女官や寵姫達が噂に踊らされ、春鈴を快く思っていないのは知っていた。しかし仮にも皇后となる春鈴に、直接非礼を働くなど言語道断の行いだ。

これには雲嵐も、眉を顰めて唸っている。

「春鈴が心配だ。急を要する書簡を片付けたら、後宮へ渡る。いいな」

「畏まりました」

将来の皇后を辱めることは、つまり青藍をも蔑ろにすると同じである。分かっているはずなのに、何故そのような暴挙に出たのか理解に苦しむ。

――春鈴が後宮に入って、数時間しか経っていない。噂話だけで、女官が行動に出るとは……裏があると考えるべきだな。それも、かなり厄介な事情があるとみた。

考えを巡らせながら、青藍は書簡に目を通し判を捺す。

大切な人を守るためには、今は自分にできる事を全てやらなくてはならない。

＊＊＊＊＊

「疲れた……」

「凄かったですね春鈴様！　あの場にいた貴族の方々、みな春鈴様の美貌に釘付けでしたよ」

ぐったりと長椅子に凭《もた》れる春鈴の側では、興奮冷めやらずといった様子の杏里がはしゃいでいる。側仕えとしては、主人が注目されるのは自分の誉れと同じらしい。

「こんな美しい姫は仙女に違いないとか、囁く声も聞こえましたよ。そりゃあ、春鈴様ほどの美姫は霧にも鵬にもいませんからね――」

「そうかなあ。辺境にはもっと可愛い子がいるんじゃないかしら」

「そんな事はありません！」

断言され、春鈴は苦笑するしかない。実際、物語で春鈴は主人公と容姿を比べられ、『美音の方が愛らしいし、器量もよい。春鈴はねじ曲がった心根が顔に出ている』と青藍から一刀両断される場面があるのだ。

「あら、ご謙遜なさるのですね」

会話に入ってきたのは、春鈴を部屋に案内してくれた女官長だ。

後宮内には、次期皇帝の太子と女性しか立ち入ることは許されない。正妃として迎えられた春鈴に付くのは、その女官の中でも身分や容姿の良い者が厳選されている。

「春鈴様がご謙遜なんて。天変地異が起こるのではないかしら？」

「いやだわぁ」

「恐ろしいわ」

女官達がくすくすと笑いながら、互いに顔を見合わせている。

——感じ悪いな……あ、そうか。私、悪い意味で有名なのよね。

完全な『悪女』にはなっていないものの、春鈴は我が儘で気分屋だと悪い意味で有名なのだ。

本格的に淫乱で冷徹な本領を発揮するのは鵬国に来てからだが、霧国でも女官と恋仲になった相手に色目をつかい、仲を破綻させるのは日常茶飯事。春鈴の意地悪に堪えかねて職を辞そうとすれば、罪をでっち上げられ見せしめで鞭打ちの刑を科される。

国交が断絶状態とは言え、行き来する商人が噂話を広めてしまう。

「お噂は伺っておりますよ、春鈴様。ですがここは、鵬国の後宮。これまでのように好き勝手はさせません」

「恋人同士を仲違いさせる事がご趣味とか。随分低俗ですこと」

「毎日商人を呼び寄せて、高価な着物や髪飾りを集めているそうですね。民の血税を湯水のように使うと、呆れられていますよ」

「貴女たち、無礼ですよ！　これ以上春鈴様を侮辱するなら、箒で叩き出しますからね！」

口さがない彼女達の言葉を杏里が咎めるも、女官長は鼻で笑う。

「あら怖い。暴力で脅すなんて、下品なこと。浪費家の女狐に仕えるだけあって、やはり卑しい者のようですね」

「杏里を悪く言うのはやめて！」

自分がひどく思われているのは仕方がないけれど、杏里はこれまで奴隷として仕方なく仕えていてくれたのだ。彼女は生きるために春鈴に従っていたのであって、悪く言われる筋合いはない。

一瞬女官達が怯んだが、すぐに平静を取り戻して春鈴を冷たく見据える。

「私どもは貴女を正妃とは認めておりません。皇太后が貴女をお迎えしたのは、過去の約束があったからです。そうでなければ、悪名高い貴女を太子の正妃に迎えるなどしなかったでしょう」

女官長の言うとおり、春鈴と青藍の婚約は十年以上も前に交わされていた。しかしその後、霧国の皇帝が亡くなり亞門が実権を握るようになってから関係は悪化し、結婚話も有耶無耶になっていたのだ。

だが鵬国の皇太后は二国間の関係を重視し、再び手を取り合える関係に戻そうと尽力している。

亞門はその善意につけ込み、表向きは『両国の友好関係のため』として、改めて婚姻を了承したという経緯がある。

だがこの結婚を機に二国の対立は悪化し、最終的には戦になってしまう。そうさせないためにも、鵬国を混乱に陥れる『悪女』ルートは避けなくてはならない。

「私はもう、仕えてくれる方々を蔑ろにしたり、八つ当たりや浪費もしません。信じてください」

「女狐の戯れ言を、信じるほど愚かではございません」

「そうやってしおらしい態度を装って、貴族の男どもを手玉に取ってきたのでしょう？　けれど私達には通用しませんよ」

真剣に訴えても女官達は笑うばかりで、とても春鈴の言葉に耳を傾けてくれる雰囲気ではない。

——本来の春鈴だったら、正妃の立場を利用して女官長を投獄するのよね。でもそんな事をしたら、悪女まっしぐらだし……。

だが今の女官達の態度は、流石に目に余る。投獄まで行かずとも、彼女らを叱り無礼を謝罪させるべきなのだろう。

悔しそうに女官長を睨み付ける杏里を見て、春鈴は迷った。

——落ち着け、私。ここで対応を間違えたら、意味がないわ。どうしたら……。

気の利いた言葉の一つでも言えたらいいのだが、そう簡単に出てこない。

その時、一人の姫が女官を従えて入ってきた。

「失礼致します。蘭様。ご挨拶に伺ったのですが、よろしいでしょうか」

「ええ、構わないわ」

内心ほっとしつつ、春鈴は笑顔で彼女を迎える。

「初めてお目にかかります。黄朱華《おうしゅか》と申します」

「春鈴よ。そう畏まらないで、春鈴て呼んで」

「いいえ、いずれは正妃として太子をお支えする蘭様に、そのような失礼なことはできません」

たしか彼女は、寵姫の一人だ。大臣の娘で、二国間の和議を目的とした結婚話が浮上しなければ、彼女が正妃として迎えられていたと作中では説明されている。

容姿・頭脳共に優れている黄朱華は、いち早く美音を見いだし彼女の協力者となって活躍する人物である。

凜とした佇まいは美しく物腰穏やかだけれど、春鈴を見る目は女官長と同様に冷たい。

「女官長、廊下に漏れ聞こえていたのですが、貴女方は正妃として迎えられたお方に、なんという失礼なことを言うのです」

「ですが、朱華様。このような女が正妃など……私達は認められません！」

「そうですよ。朱華様の方が、ずっと正妃に相応しいと――」

「静まりなさい。不敬にも程があります」

冷静に窘めてくれる朱華に、春鈴は戸惑いつつも礼を述べた。

「あの、ありがとうございます」

すると朱華が、にこりと笑う。だがその目は笑っていない。

「いいえ。私は女官達が貴女の不興を買い罪を負わぬよう、窘めただけでございます。蘭様のためを思ってのことではございません」

「え……」

「貴女がこの国のみならず、遠く海を越えた異国にまで名を轟かせる美姫だということは認めます。ですがその本性は、美貌だけでは隠せませんよ」

軽く会釈をすると、朱華は引き留めようとする春鈴を無視して部屋を出て行く。すると女官長達も、急いで彼女の後を追う。

そして室内には、春鈴と杏里だけが残された。

「どうせすぐに、本性を現します。そうなれば、皇太后や青藍様も考えを変えるでしょう。それまでの我慢です」

廊下から、わざと春鈴に聞こえるように話し声が響いてくる。初日からこれでは先が思いやられるが、悪役なのだから仕方ない。

「分かってはいたけど、ここまでとは思ってなかったわ」

「大丈夫ですか？」

以前の春鈴なら、気にも留めないだろう。それどころか、どうやって彼女達を貶め自分に敵意を向けたことを後悔させるか嬉々として復讐の案を練ったに違いない。

「何て失礼な方々。春鈴様は夢帰りをして、生まれ変わったというのに……そうだ！　春鈴様が夢帰りをしたと話しましょうよ」

「待って」

彼女達の言動から考えて、予想していた以上に悪女としての噂が広まっている。内容もかなり尾ひれがついて誇張がされているように感じた。となればいくら夢帰りが信じられている鵬国でも、『悪女』のあだ名をすぐに払拭するのは難しいのではないだろうか。

「この国で『夢帰り』が信じられているといっても、彼女達にしてみれば悪女がそう簡単に改心するなんて思えないだろうし」

「だったらせめて、あの失礼な言葉を謝罪させるべきです。でなければ、春鈴様だけでなくお父上や霧国も見下されたととられてもおかしくありません」

「分かってる。でもそれは駄目なの……私が少しでも高圧的な態度に出れば、みな怯えるわ」

恐怖で後宮内を支配してしまうのは簡単だ。

しかしそれでは、物語を変えるという本来の目的から外れることになる。

「暫くは大人しくして、様子を見ましょう。私が悪い事をしなければ、向こうもこっちが敵意がない事に気づくはずよ」

今は刺激しない方が良いと判断した春鈴は、憤る杏里をどうにか宥めて落ち着かせた。

「さてと、大人しくするって言ってもこれからは忙しくなるわよ。なんたって、私と杏里の今後の平穏がかかってるんだからね」

「はい」

春鈴は杏里の手を取ると、彼女も力強く頷いてくれる。

この計画を遂行するにあたり、霧国からの従者は杏里だけにしてもらった。その方が鵬国への寝返りを懸念する必要もないからだ。

何より杏里は幼い頃から春鈴に仕えているだけあって、そこいらの女官よりずっと気が利く。一番の利点は、春鈴の夢帰りを理解してくれている事だ。

「じゃあまず、ご飯にしましょう。腹が減っては戦はできぬって言うしね」

「それは、夢の国の格言ですか？」

「まあ、そんなところね」

当初はぎくしゃくしていた杏里との関係も、大分改善されてきた。このまま二人で上手く窮状を切り抜け、辺境に落ち延びられれば後は知ったことではない。

——今夜はゆっくり休んで、明日からじっくり策を練らなくちゃ。

厨房へと駆けていった杏里を見送り、春鈴は再び長椅子に凭れる。だが穏やかな時間は、予想もしない人物の登場であっけなく終わった。

＊＊＊＊

食事と湯浴みを終えて寝室に入った春鈴は、いるはずのないその人物に気付いて思わず悲鳴を上げる。

「青藍様！」

「そんなお化けでも見たような声を出さないでほしいな。流石に傷つくよ」

椅子から立ち上がった青藍が近づいて来て、春鈴を抱きしめる。昼間、広場で会った時とは違い、高位の青年らしい立派な着物を着用していた。

春鈴の着物ほど華美ではないが、紫を基調としたそれは青藍によく似合っている。そんな推しの姿に思わず見惚れそうになるけれど、春鈴は首を横に振って理性を保つ。

「駄目よ！　放して！　儀式は終わったけれどまだ正式な婚礼は先でしょ」

この国のしきたりとして、いくら春鈴が正妃の立場で後宮に入ったとしても、婚礼が終わるまでは太子との接触はおろか顔を見ることさえ許されないのだ。

夫婦となる間柄でも、こんなふうに触れ合うなど以ての外である。

「やっぱりどうしても我慢できなくてさ、雲嵐に頼み込んで女官から許可をもらったんだ。それに、俺と春鈴姉様の仲だろ。そんなに怒らないでほしいな」

「怒ってはいないけど……」

「ありがとう！　春鈴姉様」

するとと青藍は破顔し、春鈴を抱き上げるとそのまま寝台に腰を下ろした。

——なんか、大型犬て感じね。尻尾があったら、ぶんぶん振ってそう。

漫画の中の青藍も、気さくな性格で友人も多かった。しかし春鈴に対してだけは、あくまで形だけの結婚相手という態度しか取っていなかったはず。

それと気になるのがもう一つ。彼が自分を呼ぶときに『姉様』とつける点だ。

「ねえ……私達、姉弟じゃないでしょう。どうして姉様なの？」

「え、忘れてたの？」

「ごめんなさい。その……最近、夢見が悪くて、昔の事がよく思い出せないの」

夢帰りの世界、つまり『加奈』としての意識と記憶が強く出ているせいか、『春鈴』の過去はぼんやりとしか憶えていない。

正確には、漫画で読んだ知識でどうにか補っている状態だ。

「そうなのか。俺と会ったときに、変な顔してたのってそのせいか？」

苦し紛れの言い訳だが、青藍は信じてくれたらしい。

頷くと青藍は、春鈴の目を見て語り始めた。

「まだ俺達の国が仲良くやってた頃、春鈴姉様とお母上は季節の折々によくいらしてくれたんだよ。その時俺に『私の方が年上なんだから、姉として敬いなさい』って言ったから……憶えてない？」

――青藍と春鈴は、そんなに歳が違わなかったはずよね……春鈴って子どもの頃から、高飛車だったのね。

いくら宰相の娘と言っても、相手は隣国の太子だ。子どもの冗談で済まされる相手ではない。しかしそんな勝手な言い分を律儀に守ってくれているあたり、青藍は優しいというか何と言うべきか。だが本編では、こんな遣り取りは絶対に無かったと断言できる。

「泣き虫だった俺の根性をたたき直すって言って、自ら剣を取って指南してくれたじゃないか。勉強も見てくれたし、母上も感謝してるんだよ。ほら、この傷は春鈴姉様が刀で叩いたときの――」

そう言って青藍が、右の袖をまくり上げた。そこには皮膚が引きつった痕が浮かび上がっている。女児の力でこれだけの痕が残るという事は、相当な勢いで打ち付けたに違いない。

「ごめんなさい。私……こんなひどい事してたのね」

今の春鈴からすれば、全く記憶にない出来事だ。しかしそれは、言い訳にならないのも分かっている。

そっと傷に触れて労るように擦ると、青藍が眉を下げる。

「大丈夫だよ。もう痛くないし」

「でも」

「俺は春鈴姉様を悲しませようとして、見せたわけじゃないんだ。その、この傷のお陰で『姉様に認めてもらうぞ』って気合いが入ったから。お陰で武術も上達した。今じゃ雲嵐と互角に戦えるんだよ」

どこまでも前向きな青藍の言葉に、春鈴は涙ぐむ。

「春鈴姉様、今度俺の剣の腕を見てよ」

「ええ、勿論。でもその姉様って呼び方は止して。私は貴方に指導できるような立場ではないのだから」

自分はもう、あの聡明な春鈴ではない。楽器や手習い、儀式の順序など、体に染みついているものは憶えていても、思考能力は『加奈』なのだ。

物語の『春鈴』は言葉巧みに貴族の男を手玉に取ったり、弁の立つ官吏達を相手にしても対等かそれ以上に渡り合える頭脳の持ち主と描かれている。

春鈴はその美貌だけで、悪女として有名になったわけではない。明晰な頭脳と人心掌握術に優れていたからこそ、この後宮から動かずして鵬国を混乱に陥れることが可能だったのだ。

「どうしてそんな事を言うんだ。春鈴姉様……いや、春鈴。俺は貴女が聡明な方だと知っている。これからも皇帝になる俺を支えてほしいんだ」

「無理よ。だって私は」

うっかり『夢帰り』だと打ち明けそうになり、春鈴は口に手を当て俯く。すると肩を抱く青藍の手に力が籠もった。

「女官達がひどい事を言ったと聞いている。それが原因か?」

「どうして知ってるの?」

「信頼できる者を数名、後宮に送り込んである。表向きは、雑用係としてね」

口ぶりからして、女官長もその存在は把握していないのだろう。

やはり彼は春鈴に気を許していないから、見張りをつけているのだ。警戒して身構えると、何故か青藍は春鈴に謝罪した。

「すまない。俺が気を配らないせいで、春鈴に辛い思いをさせてしまった。女官達は謹慎処分にして、当面は別の者を代理として置こう」

「皇太子がそんな簡単に頭下げたら駄目よ! それに女官の方達が言ってることは嘘じゃないから……責めないであげて」

女官達からすれば、幼い頃から横暴な噂の絶えない春鈴が嫁いできたことを受け入れられないのも当然だ。太子である青藍を大切に想っているからこそ、一番近づけたくないのだろう。

「それに、青藍を傷つけた私を、寵姫の方々が許すはずがないわ」

先程見せられた傷を、知らない者はいないはずだ。

だが青藍は、気にする様子もない。

「やっぱり春鈴は、思いやりのある昔のままの春鈴だ!」

屈託の無い笑顔に、胸が苦しくなる。

――どうしてこんな優しい人を、春鈴は苦しめたんだろう。

青藍の父は数年前に、狩りで落馬し死亡している。その原因を作ったのは他でもない、父の亜門なのだ。

事故に見せかけた謀略だと、春鈴は漫画で読んで知っている。

だが真実を話せば、いくら青藍でも春鈴を許しはしないだろう。

「ここ数年、君の悪い噂を聞くようになって心配していたんだ。宮廷内には心ない事を言う者もいるが、俺も母上も信じてはいなかった」

ほっとしたような微笑みを向けられ、春鈴は一つの決意をする。

――この人には絶対に幸せになってほしい。

推しの幸せを願うのは、ファンとして当然だ。

それに青藍は最終的に主人公と結ばれ、歴史に名を残す名君になる。だがそこまでの道のりは、苦難の連続だ。特に『春鈴』の存在は、彼女が処刑された後も悪霊となって主人公達を苦しめるのだ。

『夢帰り』は正直まだ実感が薄い。春鈴として生きると決めたけれど、性格や記憶は『加奈』なのだから仕方ないともいえる。

青藍に対しても、あくまで『推しキャラ』という意識が強いのが現状だ。

悪女として処刑されないためには、一刻も早くこの結婚を破棄して鵬国から逃げ出さなくてはならない。女官や寵姫から嫌われているのなら、出て行くのは簡単だろう。

あとは彼が、美音と出会っていれば勝手に話は進むはずだ。けれど話の筋が明らかに変わってしまっているこの状況を放っておいてもいいのか、春鈴は迷う。

「ねえ青藍、燐美音て女の子を知ってる？」

「いや、そんな名前は聞いたことがない……もしかして、浮気を疑っているのか？　いや、春鈴が来る前はちょっと遊んだりもしてたけど、ちゃんと節度は守っていたし。今は誰とも付き合ってないよ」

「あ、ううん。そういう事じゃないんだけど。まあいいわ」

慌てながらも正直に話す青藍が可愛らしく見えて、つい噴き出してしまう。設定でも青藍は『女たらし』と記されているので、特に驚きはしない。

「その女性がどうかしたのか？」

問い返されて、春鈴は言葉に詰まる。まさか『青藍の正妃になる人です』なんて馬鹿正直に答えたら、最悪陰謀を疑われてもおかしくない。

「いえ、ちょっとした知り合いというか。私が一方的に知ってるだけなんだけど……とっても気立てが良くて、可愛いって評判らしいの」

「春鈴がそんなに気にかけてるなら、探すよう雲嵐に言っておくよ」

本来ならば、青藍は身分を隠して町へ出たときに美音と出会っている。しかし青藍の口ぶりからして、本当に知らないようだ。

――話がいろんな場面で変わってる。時系列もおかしいし……このままじゃ私が離縁されても、二人が結ばれるか分からないわ。

処刑を逃れ平穏な暮らしを手に入れるには、円満な離縁が条件だ。そのためには何としてでも、青藍と美音にくっついてもらう必要がある。

しかし二人が出会っていないのだから、この国の何処かにいるはずの美音を探し出せるのは自分しかいない。

せめて青藍が無事に美音と結ばれるまでは鵬国に留まり、見守った方が確実だろう。

「君には少しでも、この後宮で楽しく過ごしてほしいからね。その美音て子以外にも、気が合いそうな側仕え候補がいたら、身分は問わないから春鈴の判断で登用して構わないよ」

「どうしてそんなに、気遣ってくれるの？」

「……女官達の件もそうなのだけれど、今この国の内政は綻びかけていてね。皆神経を尖らせているんだ」

確かに女官長や朱華の言動は、あり得ないものだった。

いくら春鈴に良い感情を持っていなくとも、面と向かって罵倒するなど礼儀を欠いているどころの話ではない。

「悪女の噂のある私が嫁いできたことで、八つ当たりをしたってこと?」

「それもある。けれど原因の大半は俺だよ」

「青藍が?」

頷いた青藍が言葉を続ける。

「父上が狩りでの事故で亡くなってから、政が上手く回らなくなった——」

跡継ぎである皇太子は妃を迎えてから皇帝に即位するのがこの国の慣例なので、青藍の身分は太子のままだ。新たな皇帝が決まるまでは、皇太后と側近が政を取り仕切る。

しかし突然皇帝を亡くしたことで、鵬国の政は混乱に陥った。世継ぎとしての勉強はしていたが、青藍はまだ若く老臣の中には侮る者も多いらしい。

他にも寵姫の産んだ子を世継ぎに担ぎ上げようとする勢力や、貴族達の派閥争いなどが立て続けに起こり、難しい舵取りを迫られているのだと言う。

「喪に服すはずの母上にも、迷惑をかけてしまっている。だからこんな時に君が来てくれて、本当に嬉しいんだ」

「えっと、じゃあ青藍は町に出て民の声を聞いたりとかはしてないの?」

「そんな事まで知ってたのか。けどここ数年は残念ながら、政務にかかりきりで町には出ていないよ。もう少し落ち着いたら、またお忍びで出るつもりでいるけどね。その時は春鈴も一緒に行こう。市や祭りのある日は賑やかで、きっと君も気に入る」

――設定がかなり違っているわ。処刑回避も大切だけど鵬国の立て直しもしないと、いずれお父様に乗っ取られちゃうわ。

本編で皇太后は夫の死後病気がちになって床に臥せり、青藍は混乱する政で苦しむ民の声を聞くために頻繁に宮殿を抜け出し町に出ている。

唯一設定通りなのは『政情が不安定』というところだ。前皇帝の死後、大臣や貴族の利権争いが表面化し、そんなゴタゴタを利用して悪女春鈴は支配を広げていく流れである。

勿論、その利権争いを裏で操っているのは、父の亞門だ。

隣国が関係しているとは知らない貴族達からは「太子がしっかりしていれば」と誹られ、老臣は先帝を見習うようにと苦言するばかりで政はままならない。

ただでさえ父親の死で精神的に参っている青藍は、町で美音と出会い落ち着きを取り戻していく……という流れのはずなのだ。

「でもあまり根を詰めるのもよくないと思うの。たまには息抜きも兼ねて町に出たら？　民の話を直接聞くのも、次期皇帝の務めよ」

さりげなく町へ出るよう促してみるが、青藍は首を横に振る。

「ありがとう。聡明な君が言うのだから、その提案は尤もなのだろう。けれど俺は次代の皇帝としてまだまだ勉強することがある。散々君に『将来国を統べるのだから、きちんとしなさい』と言われていたのに、この体たらくで恥ずかしいよ」

叱られていた事すら懐かしそうに話す青藍に、春鈴は胸が痛くなる。

「本当に、君が来てくれてよかった。正直、少し挫けそうになってたんだ」

「無理はしないで！　貴方まで倒れたら、この国はどうなるのよ！」

「大丈夫。俺は君のために頑張るから……」

「そうじゃなくて！」

主人公の恋人である青藍が死ぬことはないだろう。

しかしこのままでは、春鈴が物語から退場しても確実に国は混乱する。

――お父様は私には甘いけど、他の者に対しては苛烈な方だわ。民にだって、何をするか分からない。

全てを無視して逃げ出すのは、後味が悪い。

せめて全ての登場人物が、幸福とまではゆかなくても平穏な人生を送れるようにしてあげたい。

それを可能にするには、自分の憶えている『亡国の龍姫』の記憶が鍵となる。

「あのね、青藍……」

言いかけて、春鈴ははたと気づく。『亡国の龍姫』の説明をするとなれば、自分が『夢帰り』だと告白する必要がある。

――青藍は私に好意的だけど、これから先も同じように扱ってくれるとは限らないわ。

ここは陰謀渦巻く後宮だ。迂闊な行動は取れない。

それに話の筋が変わっているとは言っても、いつ本来のルートに戻るか分からない。自分の知らない場所で青藍が美音と接触し恋仲になり、春鈴を拒絶するようになる可能性だってある。

何より懸念されるのは、春鈴の輿入れに伴い国交が正常化したことだ。これまでは噂話として語られていた春鈴の悪行が、真実だったと知られてしまう。

――これ以上ややこしくなれば、収拾がつかなくなる。下手な言動は、慎んだ方がいいわね。

黙り込んだ春鈴の顔を、怪訝そうに青藍が覗き込む。

「どうしたんだ？」

「あ、なんでもないの。気にしないで！」

至近距離で見つめられ、春鈴は改めて自分がとんでもない美形の膝に抱かれていると気が付いた。

少し垂れ目で柔らかな印象の青藍だが、美形である事に変わりない。それにファンとして『亡国の龍姫』を読んでいた頃は、青藍が一番の推しだった。

ただあくまでキャラクターとして捉えていたから、恋愛感情はなかった。

しかし今は、こうして現実世界で触れ合っている。

「ならいいのだけれど……なあ、春鈴。いいか？」

「え？」

顔がゆっくりと近付いてくる。

ここに来て、今更ながら春鈴は己の立場を自覚した。

――まさか青藍、私の事を抱くつもりできたの？

「待って！」

咄嗟に両手で青藍の胸を強く押す。しかし鍛えられた体は、春鈴の細腕ではびくともしない。

「どうして拒むんだい？　俺の事が嫌いなの？」

悲しげに眉を顰める青藍を前にすると、悪くもないのに罪悪感がこみ上げてくる。

「だって、婚礼前よ！」

「知っている。けれど、俺は君が欲しい。どれだけ君が嫁いでくる日を待ち望んでいたか……亜門殿を説得し、国交問題にも一番に取り組んだのは君と結婚したかったからだ」

――どうしてそうなるの？

昔話を聞く限り、春鈴は青藍を罵倒した挙げ句に傷まで負わせている。それに国交が無かった間でも、傍若無人な噂は鵬国内にも広まるほど有名だ。

嫌われて当然なのに、青藍の態度はまるで長年の思い人を前にした一人の男だ。

そこでふと、春鈴は一つの考えに思い至る。

青藍の公式設定に、『女たらし』の一文があったはずだ。その設定の影響で、彼なりに悪女の疑いのある春鈴を懐柔するため、疑似恋愛を仕掛けている可能性もある。

そもそも青藍と春鈴が結ばれる結末ではないのだから、安易に行為を受け入れるのは危険すぎる。

――そうよ。婚礼を挙げても、青藍が寝室に来るエピソードはなかったはずじゃない。第一、彼は春鈴を嫌ってる。それに……。

春鈴は俯いて、唇を噛む。

脳裏に過ったのは、夢の世界で恋人だった婚約者の姿。

彼は言葉巧みに『加奈』に近づき、結婚を迫った。

そしてあろうことか、式場の予約をした直後に彼の裏切りが発覚したのだ。

問い詰める加奈に対して、「相手に欺された」などと聞くに堪えない言い訳を並べ立てた挙げ句、最終的に「遊びくらい許して当然だ」嗤った。

あの時の情景が昨日のことのように蘇り、春鈴は涙目になる。

「やっぱり俺は、まだまだ未熟だ」

「青藍？」

「私欲を優先させる皇帝なんて、君からすれば呆れて当然だ」

「違うの、そうじゃないの」

そんな勘違いをさせるつもりはなかったので、春鈴は青藍を真っ直ぐに見上げた。

「貴方のことは、嫌いじゃないわ。でも……夫婦としての行為は待ってほしいの。鵬国に来たばかりで、落ち着かないっていうか……上手く説明できなくてごめんなさい」

「いや、俺も急いてしまってすまない。心の準備ができていないのは、当然だよな」

嫌っていないと告げたことで、青藍は納得してくれたようだ。

けれど春鈴を抱く腕を解こうとはしない。

「なあ、春鈴。我が儘だと分かってるんだけど。口づけだけは、許してくれないだろうか？」

——そんな顔で迫るなんて、ずるい……。

人なつこい表情と、甘い声音。あくまで春鈴の意思を尊重する青藍の言葉に、心が揺れる。

「……口づけだけなら……いいわ」

腰を抱く腕に力が籠もり、春鈴は引き寄せられた。より互いの体が密着し、心音さえ聞こえるほどだ。

恥ずかしくて目蓋を閉じると、青藍が唇を重ねてくる。自分より少し体温の低いその感触に、春鈴はびくりと体を竦ませた。

「ん……」

「春鈴」

「ぁ、んっ」

腰を撫でる手に、唇の端から甘い吐息が零れた。すると薄く開いた隙間から青藍の舌が口内に入り込み、そっと歯をなぞる。

「んうっ……待って。これ以上はだめ」

触れるだけの口づけのつもりだったから、春鈴は慌てて自分から口づけを解く。

「……名残惜しいけれど、君に嫌われたくないから我慢するよ」

余裕のある微笑みを向けられ、春鈴はこの一見無害そうな男を睨み付けた。

「部屋に戻って、もう寝なさい」

照れ隠しで強く言ってみたものの、少しの口づけで息が上がっているのは隠しきれない。でも青藍はそんな春鈴を茶化すことなく、抱く腕を放してくれる。

「夜分にご無礼を働いたこと。謝罪いたします」

春鈴を寝台に残し、青藍が床に跪いて礼をとる。一挙手一投足が洗練されていて、やはり彼は皇帝になるべく厳しい教育を受けてきたのだと理解する。

「ではおやすみなさい。春鈴姉様」

「おやすみ、青藍」

胸の高鳴りを隠すように、あえて彼を見ずに答える。

その夜はなかなか寝付けなかった。

二章　嘘と偽り

翌日から、青藍は懲りずに春鈴の私室に顔を出すようになった。

次期皇帝とその正妃であるのだから、多少の規則破りは大目に見られているらしい。とはいえ顔を合わせると青藍はさりげなく口づけをしてくるので、春鈴は困り果てていた。

朝食後のお茶を飲みながら、春鈴は考えを巡らす。

「このままじゃ青藍と結婚する事になって、バッドエンドだわ……それはそれとして、ご飯もお茶も美味しくて幸せ」

現状を考えれば悠長な事を言っていられないのだが、何か少しでも楽しみがないとやってられない。

この『亡国の龍姫』の世界でも作者の意図が反映されているらしく、食に関しては所謂中華料理に創作を加えたようなものが主流だ。

中華饅頭に揚げ春巻き、小籠包といった定番の料理に加え、見たこともない彩り豊かな果物や菓子類が毎食並ぶ。

当初は毒殺を警戒したけれど、杏里曰く『春鈴様にお仕えする者は、悪女の噂に怯えているので危害を加えるような事はございません』との事だ。

つまりは春鈴に危害を加えようとしても見破られるのは確実で、その報復の方が怖いという理由らしい。

不本意だけれど、『悪女』の噂が役立っているのだから、当面は否定も肯定もせずにいようと決める。

——となると、問題は青藍よね。

今のところは口づけだけで済んでいるけれど、婚礼を挙げてしまったら拒む理由がなくなる。いや、もっと早くに彼が行動を起こしてしまう可能性も捨てきれない。

春鈴が恐れているのは、その一線を越えた後のことだ。

作中で春鈴は、鵬国へ来るまで男遊びはしても処女だったと明記されている。性に奔放な悪女として開花するのは、この後宮で退屈しのぎに青藍以外の男を引き入れ、関係を持ったことが切っ掛けだ。

——確か『暇を持て余した春鈴が後宮に太子の側近の男を誘い込み、褥で楽しむ悦びを知った。それ以来、太子と結婚しても男遊びを続ける淫乱に堕ちる』……だったわよね。本当に、最悪。

大問題なのが、その切っ掛けとなる男は、あの雲嵐なのである。

不幸中の幸いで、雲嵐は物語と同じく春鈴を警戒している。なので春鈴から罠を仕掛けなければ、近づくこともないだろう。

だが『男との交わりが、悪女としての堕落を加速させる』はずだから、万が一青藍に抱かれたらこの理性的な思考は消えて本来の『悪女』の本性が目覚めるかもしれない。

「それだけは絶対に嫌！　無残に処刑されたくないよ！」

思わず叫ぶと、花を生けていた杏里がすっ飛んでくる。

「春鈴様、どうされました？」

「ごめん杏里。ちょっと夢帰りの記憶で取り乱しちゃって」

「気になさらないでください。春鈴様は夢帰りをして日が浅いじゃないですか。混乱するのも当然です。不安があれば、私にご相談ください」

暴君だった主人が穏やかな気質に変化した事で、杏里はすっかり懐いてくれている。有り難いと思うと同時に、こんなにも献身的で有能な側仕えを邪険に扱っていた過去の己に嫌気がさす。

ともあれ、今の春鈴と杏里には固い絆がある。運命共同体と言ってもおかしくない間柄なので、春鈴は最近の青藍の行動を全て話そうと決めた。

「実はね、青藍の事なのだけれど――」

このままでは、青藍は政務に追われて町には出ないだろう。そして自分を慕ってくれているのも、気にかかる。

何とかして美音と接触させ、青藍とくっつけなくてはならないのだと春鈴は熱弁する。

「その燐美音という女は、町で青藍様と出会うのですよね」

「ええ」

美音は皇都に来る途中で盗賊に襲われるが、なんとか逃げ出し親切な旅人の助けで皇都に入る。そこで身分を隠した青藍と出会い一目惚れされるのだと、簡単に説明をした。

「正義感の強い美音は悪女春鈴を改心させようとして、青藍に頼んで下働きとして後宮に乗り込むの」

「随分無謀ですね。それに、元々後宮へ送られる姫なら、絵姿も出回っているでしょう」

「それは物語だからね。主人公には都合良く話が動くのよ」

「後宮へ乗り込んだ美音はどうなるんですか？」

「春鈴の改心は、当然失敗に終わるわ。でも美音は最終的に青藍と結ばれるの。その後、色々あった後に、私は処刑されるわ」

神妙な顔で聞いていた杏里が、小首を傾げる。

「では物語の中の私が春鈴様を裏切った後って、美音が皇妃となった世界を生きなければならないんですよね？」

「ええ。美音は優しい性格だから、杏里は助かるわ。けれどそれからどういった人生を歩んだのかまでは分からないの」

「裏切り者の末路なんて、ろくなもんじゃありませんよ。処刑された方がよかった、なんてことになったら最悪です」

顔を見合わせ、二人してため息を吐く。

正直、主人公である美音がまだ姿どころか、誰も名前すら知らないのが引っかかる。

「話が変わりすぎて、まだ後宮に入っていないのかもしれない。そうなると、厄介よね」

「人に頼んで、探させましょうか？　信用できる者は、何名か引き入れてあります」

さすが春鈴の側仕えをしていただけあって、杏里は有能だ。

提案に頷きかけたが、春鈴は首を横に振る。

「それは待って。美音には隠密行動を得意とする仲間がいるはずなの。もし私が探していると気付かれたら、警戒して姿を隠してしまうわ」

そうなったら、さらに事態は厄介な事になる。できれば自然な形で青藍と美音を出会うように仕向け、彼らが結ばれるように進めなくてはならないのだ。

「とりあえず杏里は、後宮内の人間関係を探って。私に関する噂以外でも気になる事があれば、何でも教えてちょうだい」

「かしこまりました」

処刑を回避し平穏な生活を得るために必要だと分かっていても、どうしてか胸の奥が痛む。

――青藍は美音と結ばれる運命なんだから、余計な事を考えちゃ駄目。

あの夜、『来てくれてよかった』と嬉しそうに言った青藍の表情が忘れられない。彼の真摯な気持ちに心は揺れるけれど、春鈴はそれを受け入れてはいけないのだ。

「しっかりしないと！」

この世界を大団円に導くには、自分の存在が鵬国から消えること。

気合いを入れるように自分の頬を軽く叩き、春鈴は揺れそうになる気持ちを打ち消した。

＊＊＊＊

それからの春鈴は、与えられた部屋に引きこもって、他人との交流を可能な限り拒み続けた。あれだけ暴言を吐いた女官達も本音では春鈴を恐れているようで、直接の接触はない。

寵姫達は言わずもがなだ。

「……退屈だわ」

杏里は諜報活動に忙しく戻ってくるのは深夜なので、話し相手はいない。『加奈』として生きていた頃は、スマホさえあればいくらでも時間が潰せたけれど、流石にこの世界には存在しないのでできることは非常に限られてくる。

いや、青藍はちょくちょく顔を見せるのだが、彼との関係性が深くなることを懸念した春鈴は、『気分が悪い』とか『楽器の練習をする』など言い訳をして、できるだけ顔を合わせないようにしていた。

しかし青藍もそう簡単には諦めてはくれない。あれこれと理由をつけて春鈴の部屋に入り浸り、接触を試みるのだ。

幸い将来の皇后として迎えられた春鈴には、ほぼ邸宅と言ってよい広い部屋が与えられている。他の寵姫の部屋は私室だけなのに対して、春鈴の住まう区画は寝所が三つに私室が二つ、季節ごとに楽しめる庭が五つ。他にも雅楽を楽しむ広間や、図書室、専用の厨房と浴室もある。

なので最近は青藍が後宮に渡る合図の鐘の音がなると、適当な場所に隠れるようにしていた。

「……帰ったかしら？」

長椅子の裏で息を潜めていた春鈴は、窓から顔を出して外の様子を窺う。

後宮内は広いので、いくら青藍でも一度に全ては見て回れない。捜し回っているうちに女官達がやってきて、皇宮に連れ戻されてしまう。

「こっちに来る時間があるなら、町に行ってくれたらいいのに」

相変わらず、美音の消息は掴めないままだ。主人公なのだから何かしらイベントが発生してもいいはずだが、特にこれといった事件や噂話も聞こえてこない。

せめて美音の顔を知っている自分が動ければよいのだが、春鈴が行動を起こせばそれこそいらぬ憶測を呼ぶだけだ。

「春鈴様。なにか御用はございますか？」

「いいえ、私の事は気にしないで。皆さん気楽にしてて」

「畏まりました」

こうしてたまに、下級の女官が様子を窺いに来る。恐らくは女官長に命じられて、渋々来ているに違いない。

——女官長も言いたいことがあるなら、直接来たらいいのに。

直接文句を言われたのは、後宮に入った初日だけだ。きっとあれから悪女の噂がさらに広まり、怖くて来られないのだろう。

——まだ寵姫達の方が、肝が据わってるわ。

後宮のしきたりとして、高位の者は定期的に茶会を開かなくてはならない。春鈴も将来の皇后として数人の寵姫を適当に選んで呼び、もてなしをする。

とはいえお茶や菓子は専属の給仕が揃えてくれるので、春鈴はあたりさわりのない話をするだけだ。

寵姫は基本的に皇帝に近しい貴族の娘か、あるいは美音のように地方貴族だったり商人の出身でも、特別に器量が良ければ選ばれる。

だが身分の差は歴然としており、皇后主催の茶会に呼ばれるのは中央貴族の娘だけだ。

その筆頭であるのが、黄朱華である。

彼女は頭も器量も良いので、既に後宮内で一大派閥を築いていた。

当然、春鈴は彼女を茶会に何度か招待しており、朱華も表向きは喜んで訪れる。しかし辛辣な嫌みや、自分達の派閥でしか通じない話をされるので、正直疲れる。

――夢帰りしてた時も似たような事はあったから慣れてるけど。こっちの方が敵意剥き出しな分、容赦ないわね。

何としてでも『悪女春鈴』を後宮から排除するという目的で団結している寵姫達は、とにかく厄介だ。

今のところは辛辣な嫌みで済んでいるが、もし青藍との婚礼が執り行われたらそれこそ命を狙われるだろう。

――まあ、仕方ないんだけどね。

とにかく今自分にできるのは、悪意がないことを行動で示すだけだ。どれだけ『霧国では側仕えの婚約者を誘惑した』とか『町中のかんざしを買い占めた』などという誹謗中傷を受けても、笑顔で受け流すしかない。

しかしそんな春鈴の計画も、功を奏しないどころか事態を悪化させるだけだと程なく知ることになる。

いつの間にか貴族達の間で、『太子を暗殺する計画を立てている』と噂が広まっていたのだ。これは杏里が懐柔した下女からの報告なので、嘘ではないだろう。

「……ちょっと待って。噂の出所はどこか分かる？」

「今人を使って調べております。信頼できる者も、さらに数名確保しましたので暫しお待ちを」

すぐに杏里が対応してくれるのは有り難い。部屋を出て行く杏里を見送って、春鈴はため息を吐く。

――話の中で、『春鈴』は青藍に毒を飲ませるわ。墓地に葬られるけど実は仮死状態で、それを美音が特別な力を覚醒させて青藍を助ける展開だった。青藍は死んだことにして、国を出るのよね。

そして同時期に毒を飲ませた皇太后は美音の助けが間に合わず、そのまま死んでしまう。

だが一番問題なのは、毒を飲ませてからの展開だ。本来の物語では皇太后の死後、春鈴が鵬国政治の実権を握るまで暗殺は露見しない設定なのである。

「やっぱり何かおかしい。話の流れがどんどん変わってる」

どうしてそんな事になっているのか、春鈴にはさっぱり分からない。しかしこのままでは、自分の知る知識では処刑回避ができなくなる可能性が高いという現実だ。

一体何が原因なのか真相を掴めないまま、日々だけが過ぎていった。

＊＊＊＊＊

そんなある日、事件は起こった。

朱華が主催する茶会に呼ばれて出かけていた春鈴が部屋に戻ると、まるで嵐の後のように私室が荒らされていたのである。

ここは後宮なので、物取りが入るなどあり得ない。それによくよく確認すると盗まれた物はなく、ただ着物やかんざしなどが床に散乱しているだけ。

つまりは嫌がらせのためだけに室内が荒らされたのは明白だ。

「ひどい……誰がこんな無礼を」

絶句し立ち尽くす春鈴の横で、杏里が怒りを露わに呟く。呆然としていた春鈴だが、泥まみれにされた一枚の着物に目を留めた。

「これ、お父様が選んでくれた着物だわ」

春鈴は跪き、泥で汚された着物を手に取り抱きしめる。紅色の地に異国の花々が刺繍された豪華なそれは、亜門が仕事の合間に自ら商人の屋敷に出向いて買い求めた品だと召使いから聞いていた。あの冷徹な父が、嫁ぐ娘に贈る着物を涙混じりに選んでいたと知ったときは春鈴も思わず泣いてしまった。

「きっと寵姫の方々の、側仕えの仕業です」

杏里の言葉を聞いた瞬間、心の奥底からドス黒い感情が沸き起こる。自分でも抑えようのないそれは、激しい憎しみと怒りだ。

——私だけでなく、お父様まで侮辱したこと。後悔させてやる。……え、私……何を考えてるの？

自分自身に恐怖した春鈴は、我に返った。すると燃えさかっていた怒りの感情は、一瞬にして消えてしまう。

――今の感情が『悪女春鈴』のものなの？　大丈夫、落ち着けば怒りは抑えられるわ。

ほんの僅かな間だったが、意識を『悪女春鈴』に持って行かれそうになり身震いする。

「春鈴様が夢帰りと知らないから、悪女だと思い込んでいるんですよ」

確かに彼女たちからすれば、春鈴は何を仕出かすか分からない悪女だ。

こうして意地悪をする事でマウントを取り、春鈴の心を挫くつもりなのだろう。

「やっぱり、夢帰りだと話しましょう。もう昔の春鈴様ではないのだと、皆に知らしめるのです」

促す杏里に、春鈴は着物を抱きしめたまま首を横に振る。

「信じてくれなかったら、それこそ嘘吐きと言われて処刑よ」

「ですが……」

「鵬国では夢帰りが信じられてるのは疑ってないわ。でも私は『悪女春鈴』として、噂が広まりすぎてる」

怯えられるのは覚悟していたが、ここまで強い敵意を露わにされるのは想定外だ。物語の中でも、春鈴を避ける描写はあっても攻撃的な態度を取る人物はいなかったはずだ。

「私に何かすれば、倍返しどころじゃない陰湿な報復が為されると知ってるはずよね？　でもこんなにもしつこく嫌がらせをするのは、理由があるんじゃないかしら」

「理由ですか？」

「たとえば、私に害を成せと煽る者がいるか。あるいは、私と対等に渡り合える協力者がいるとか。

その両方かもしれないわ」

そうでなければ、後宮の姫君達がここまでの事をするとは考えにくい。何よりこの嫌がらせをする相手は『悪女春鈴』なのだ。恐ろしい報復が待っていると知っても、ここまでの嫌がらせをするメリットは女官や寵姫達にはない。

「ていうか、この手の嫌がらせって本来私がするはずなのに……」

物語の中で癇癪を起こした春鈴が感情のまま寵姫の部屋に乗り込んで、彼女達の私物を滅茶苦茶にする場面があったことを思い出す。

わざと自分がやったと証拠まで残し、朱華に問い詰められても開き直る。最終的には寵姫だけでなく気に入らない女官達も虐め抜いて精神的に追い込み、春鈴は後宮での権力を確固たるものにするのだ。

——朱華も嫌みは言ってきたけど、行動に出るような性格じゃなかったはずよ。とすれば、焚きつけている黒幕の存在を探すべきだわ。

考え込む春鈴に、杏里が何かを思い出した様子で告げる。

「あの、一つ気になる事がありまして……」

「何でもいいわ。話して」

「噂話なのですが、貴族の中に『夢帰り』をした者がいるようなのです。若い男で、特段目立つような人柄ではなかったと聞いてます」

酒宴の手伝いをしていた使用人から聞き出したのだと杏里が続ける。

「元々は位の低い家柄だったそうなのですけど、数年前から重要な政にも関わるようになったと。その経緯が不自然で『まるで未来を見通しているようだ』と囁かれているそうです」

「未来を見通している……」

それはつまり、この物語のあらすじを知っている者という可能性があるということだ。

「けど不思議なんです。その一族は子息の『夢帰り』を認めてないんです。この国では『夢帰り』はおとぎ話ではなく、信じられています。だから隠す必要もないですし、何より『夢帰り』をして優秀になった息子を自慢しない親はいないと思うのです」

むしろ夢の世界で経験したことを皇帝が聞きたがり、平民であっても位を与えて宮中へ挙げる事もあるらしい。一族の誉れと尊ばれる事はあっても、隠すなどあり得ないと杏里は首を傾げる。

——その人は私と同じように『亡国の龍姫』を読んだことがあるのかもしれない。

「気になるわね……部屋の片付けは私がするから、杏里はもう少し詳しく調べてちょうだい」

「はい」

事実ならば、その貴族に春鈴の事情を話して協力者になってもらえれば心強い。鵬国の住人であるなら、国が戦で荒れるのは避けたいだろう。

「それにしても、派手にやってくれたわね」

一人部屋に残った春鈴は、改めて荒らされた室内を見回す。

わざわざ中庭から土を運び、水まで撒いてくれたお陰でそこいら中泥だらけだ。

「この着物、しみ抜きできるかな」

悪人の父とはいえ、娘を思って贈ってくれた着物だ。汚されれば、流石にへこむ。

実父を亡くしている『加奈』の感情としては、正直春鈴が羨ましくもあった。亞門は人格的に良い人間とは言いがたい。しかし彼なりに娘を大切に想ってくれているのは事実だ。

――私が青藍と離縁するのと一緒に、お父様の政策も間違っていると説得しないと。

自分が物語のメインから外れても、ラスボスの亞門が改心しない限り二国の対立は回避できないのだ。亞門が二国を手に入れたいという野望を無くせば、全て丸く収まる。

「そもそも、お父様が二国を手に入れたい理由って、明確に書かれてなかったのよね。宰相として有能だし、生活に不満もなかったはず。二国が手を取りあって栄えれば、みんな幸せになるんだから……」

結局のところ『亡国の龍姫』は美音が主人公なので、悪人の行動理由に深い意味はない。

いかに美音が試練を乗り越え、幸せを掴むかという点にのみ焦点が絞られている。

「深い理由がないんだから、説得は簡単かもしれないわ」

うんうんと一人頷いていた春鈴は、背後に人の気配を感じて振り返った。

「誰?」

「亞門様の使いで参りました」

廊下には見たことのない下女が跪いており、春鈴は周囲を見回してから部屋に入るよう手招く。

誰かに見られたら、さらに悪評が広まるのは確実だ。

「早く中に入って。お父様に何かあったの？」

すると下女は、帯に潜ませていた硝子の小瓶を手に取り春鈴に差し出した。

中にはいかにも怪しげな濁った青い液体が入っている。

「さっさと殺してしまえとの事です」

「え、誰を？　ってこれ何？」

「太子です。その中身は、無味無臭の毒でございます」

「はあ？　ちょっと待って！　青藍を殺すなんて無理よ！」

思わず素っ頓狂な声を上げると、下女は怪訝そうに春鈴を見つめる。

「鵬国の太子など、顔を見るのも嫌だと仰っていたと聞いておりましたが……お気持ちが変わったのですか？」

――あー、そうだった。春鈴は太子と皇太后を殺して、自分が権力を握ろうとしてたのよね。

本来の物語では悪女らしく嬉々として毒殺を決行するのだろうが、今はもう夢帰りをした身だ。

そんな事をすれば処刑ルートしか選択肢がなくなると知ってしまっている。

「では、失礼致します」

唖然としている春鈴の手に小瓶を握らせると、下女は音も立てずに立ち去った。

残された春鈴は、掌に収まる瓶をどうしたものかと思案する。

——こんなもの持ってたら疑われて処刑されちゃう。早く捨てないと。でもどこに？

下手にくずかごに捨てて見つかったら、言い逃れはできない。隠すなど、以ての外だ。

こんな時に一番頼りになる杏里は、先程出て行ってしまった。

焦って右往左往していると、誰かが駆けてくる足音が聞こえる。

「春鈴！　大丈夫か？　もめ事があったと聞いたのだが……」

「青藍？」

これだけ部屋を汚したのだから、誰かが異変に気付いて青藍に報告したのかもしれない。悪女として嫌われていても春鈴は青藍の正妃だ。害が及べば、大問題になる。

しかし心配してくれるのは有り難いが、今はタイミングが悪すぎた。

春鈴が瓶の隠し場所を探している間に、青藍が入ってきてしまう。

「一体何が——」

室内の惨状に、青藍も驚いて立ち尽くしている。

「えっと、あの。大丈夫よ！　私、掃除は好きだから青藍は仕事に戻って」

「しかし……春鈴、その小瓶は？」

「な、なんでもないわ」

「どこで、そんな物を手に入れたんだ！」

慌てて隠すが、既に遅い。

青藍の表情が突然険しくなり、荒々しい口調で問い詰めてくる。

「早くそれを渡すんだ！」

——ヤバイ、なんか怒ってる。

逃げようとしても、廊下へ出るには青藍の横を通らなくてはならない。近づく青藍から何とかして逃げようと、春鈴は後退る。

けれどすぐに、部屋の隅に追い詰められてしまう。

「いいから、それを俺に渡せ！」

「本当になんでもないの！　これはその、栄養ドリンクだから！　嘘じゃないわ！」

中身が毒だと知られたら、問答無用で処刑場に一直線だ。だがこの場を上手く誤魔化す方法などすぐに浮かぶわけもない。

絶体絶命の状況に、春鈴は最終手段に打って出る。

——一口くらいなら平気よね。

こうなったら、証拠を隠滅するしかない。春鈴は瓶の蓋を開けて、液体を飲み込んだのだ。

「っ……」

「春鈴！」

あの下女の言ったとおり、味も匂いもない。しかし一口飲んだだけで、目の前が真っ暗になった。

全身から力が抜け、泥だらけの床にくずおれる。

「しっかりしろ、春鈴！　誰か医者を……」

声も次第に聞こえなくなり、春鈴は数秒も経たずに意識を失った。

＊＊＊＊

「……ん……」

奇妙な夢を見ていた気がするが、それが何だったのか思い出せない。春鈴が重い目蓋を開けると、そこには心配そうに顔を覗き込む青藍の姿があった。

「気が付いたか、春鈴」

ほっとした様子の青藍を前にしても、春鈴は状況が掴めずにいた。

「私、どうして……」

体がだるく、頭もぼんやりとしている。身を起こそうとすると、青藍が優しく肩を押さえて寝ているように留めた。

「無理をするな。三日も意識が戻らなかったんだぞ」

「三日？」

「全く霊廟薬《れいびょうやく》を飲むなんて、信じられない」

「レイビョウヤク？」

聞いた事のない薬だ。小首を傾げると、青藍はため息を吐く。

「死体置き場に行く薬という意味だ。少量なら薬だが、それ以上飲むと死に至る」

「物知りなのね」

「当たり前だ。春鈴だって、気をつけるようにと父上から注意されているだろう？」

――そっか、貴族だから毒殺される事もあるのよね。春鈴の記憶が完全に戻ってるわけじゃないから、毒の事なんて忘れてた。

特に自分は、様々な相手から恨みを買っている。青藍は次期皇帝であるから、命を狙われることもあったのだろう。

「そんなに強い毒だったのね」

「君の方が毒には詳しかったじゃないか。霊廟薬の事を教えてくれたのも、春鈴だろう」

きょとんとする春鈴に、青藍が眉を顰めた。

「あ、あ……そうね。そうだったわ。まだ頭がぼうっとしてて」

「何があったのか、俺に話してくれないか？」

単純に毒の知識がなかっただけなのだが、青藍は勘違いをしているようだ。しかしそれも仕方ない。

――滅茶苦茶になった部屋で毒を手にした私を見たら、そりゃ驚くに決まってるわ。

春鈴が女官や寵姫達から快く思われていないのは、青藍も知っている。しかしこれまで春鈴は自分の立場をこれ以上悪くしないように、彼女達からされた事を青藍に相談したことはなかった。話せば青藍が注意してくれるだろうけど、それでは周囲からの恨みを買うだけだ。

黙り込んでいると、青藍が意を決した様子で口を開く。

「君の側仕えの杏里から聞いたよ。君の悪い噂を信じた者達からの誹謗中傷に耐えられず、自殺を図ったのではと言っていた」

——杏里、ナイスフォロー！

自殺を図ったと勘違いしてもらえれば、毒殺を計画した事は有耶無耶になる。けれど話は、思わぬ方向へと進む。

「俺の責任だ。俺が君は心優しい聡明な女性だと、皆に説明しなかったばかりにこんな事に」

「そんなことないわ。嫌われている私が悪いの。悪女の噂は知ってるでしょう？　皆私が怖いのよ」

「だからといって、君を害していいはずがない。部屋や着物を汚した者はすぐに探し出して、罰を与えなければならない」

今にも部屋から出て行きそうな青藍を、春鈴は袖を掴んで引き留める。

「待って！」

身を起こして必死に縋る春鈴の肩を、青藍が優しく抱き留めた。

「春鈴……」

そんな事をすれば、春鈴だけでなく青藍に対しても敵意が向けられてしまう。

ただでさえ鵬国は、亞門の工作によって政情が不安定なのだ。ここまでの話の内容が変化していることを踏まえれば、春鈴が暗殺をしなくても別の人間が青藍を殺そうとする可能性が出てくる。

「次期皇帝の妻を辱めたんだ。それがどういう意味を持つのか、きちんと示すことは後宮内の秩序を保つためにも必要なんだよ」

「それは分かるけど……でも部屋を荒らした犯人も、誰かにそそのかされただけかもしれないし」

「何故犯人を庇うんだい？　それにどうして、悪女の噂を否定しないんだ？　君は後宮に入ってから、誰も傷つけたり、我が儘を言って困らせたりしていないじゃないか」

本来の筋書き通りの悪女だったなら、既に何かしらの事件を起こしていてもおかしくない。

――詳しく書かれてないけど、女官を何人か見せしめで鞭打ちしたり……男を連れ込んだりしてるのよね。

しかし『夢帰り』をした春鈴は、そんな事をするつもりはなかった。

「隠し事をしているね」

「私は別に……」

「春鈴姉様は嘘を吐くとき、髪をいじる癖があるからすぐに分かる」

「えっ」

思わず両手を見るけれど、髪には触れていない。

「嘘だよ。でも今の反応からして、やっぱり隠し事があるのだろう？　それとも、俺では頼りないかな」

ここまで気遣われて、嘘を吐き通すのは心苦しい。

悲しげな青藍を前にして、春鈴は意を決して口を開く。

「誰にも言わないって、約束してくれる？」

「勿論だよ」

「私は夢帰りをしたんです」

反応を窺うが、青藍は真っ直ぐに春鈴を見つめている。その真摯な眼差しを信じて、言葉を続けた。

「夢の世界で、私は『加奈』という女性として暮らしていたの。ここことは価値観も何もかもが違う世界で、私は生きるために働いていたわ」

「春鈴が働く？　君は宰相の娘なのに！」

「私の……加奈の両親は早くに亡くなっていて、叔母に育てられたの。別に特別な地位にいたわけでもなくて、ごく普通の庶民として生活してて――」

春鈴は『加奈』の記憶を、できるだけ分かりやすいように青藍に伝えた。初めはただ耳を傾けていただけの青藍だったが、話を聞くうちに夢の世界に興味を持ったらしくあれこれと質問してくる。

「非常に興味深いな……そうか、春鈴は夢帰りをしていたのか」

何か得心したかのように青藍が頷く。

ともかく、彼が信じてくれたことに胸を撫で下ろす。ほっとして気が抜けたからなのか、目の前がくらくらと揺れる。異変に気付いた青藍が春鈴の肩を抱き、そっと寝台に横たえてくれた。

「体調が良くなったら、また夢の話を聞かせてくれないか？」

「ええ……構わないけれど。思い出せない記憶もあるから、まだ皆には黙っていてほしいの。特に雲嵐や朱華には絶対に言わないで」

「何故だい？　夢帰りは吉兆の表れとして喜ばれるんだ。春鈴が夢帰りだと知れば、皆も考えを改めてくれる」

鵬国で夢帰りはそんなふうに思われているのなら、確かに話した方が周囲の見る目は変わるだろう。しかし現状では、不確定要素が多すぎる。

まず主人公の燐美音が、未だに現れていないこと。そして、『夢帰り』が疑われる下級貴族の件だ。

「私は夢帰りの世界でこちらの世界の事を……少しだけ書物で読んでいたの。全部は憶えていないけど、大切な事が書かれていたのは記憶してるわ。それを知られたら、面倒な事になるから……その……」

まさか『自分は悪女で、これから鵬国を混乱に陥れた挙げ句に貴方の手で処刑されます』だなんて、馬鹿正直に言えるはずもない。

告げるにしても、自分の身の安全が確保された後でなければならない。

「つまり、未来を知っているという事か？」

「ええ、まあそんな感じよ。でも朧気だから……ちゃんと思い出すまでは話したくないの」

「もしかして、毒を飲んだこともその記憶と関係しているのか？」

やはり青藍は、勘がいい。

下手に隠そうとするのは無理だと判断して、春鈴は頷く。

「いずれ必ず、説明するわ。だから今は、聞かないで」

「分かった。君が夢帰りというのは、秘密にしておくよ。でも二人きりの時には、また話してほしいな。『加奈』が好きだった、『ぷりん』や『けーき』が気になるんだ」

「青藍、甘い物が好きだものね」

春鈴は辛党だったようだが、夢帰りをしてからは甘味の方を好むようになっていた。性格だけでなく味覚や嗜好も夢帰りに影響されるらしいと気付いたのは最近だ。

「俺が食べたいってのもあるけれど、君にも食べてほしいんだ。加奈の記憶があるなら、懐かしい味なんだろう？」

さりげない言葉に気遣いを感じて、春鈴は微笑む。

「優しいのね」

「加奈も春鈴も、俺の大切な人だよ。夢帰りをしていなくても、俺は春鈴を愛してるし。こうして夢帰りをして加奈の記憶を持った君も等しく愛おしいと思っている」

「ちょっと……いきなり、何言いだすの」

青藍が春鈴の手を取り、指先に口づける。

「俺は君の全てを愛してる。だから全てを話せるようになったら、信じて打ち明けてほしい」

——もしかして、青藍は私が全ての記憶を持ってるって気付いてる？

しかし問うたところで、こういう遣り取りは青藍の方が一枚上手だ。過去の春鈴なら弁も立つだろうけど、今の自分では逆に言いくるめられてしまうのは目に見えている。

今は青藍の優しさに甘えて、互いに気付かない振りをするのが一番だ。

青藍が政務のために皇宮へ戻ると、入れ替わるように杏里と側仕えの女官が寝室を訪れた。安堵して泣き出した杏里をなぐさめていると、側にいた女官からも何故か謝罪される。

どうやら青藍が『賊が室内を荒らし、春鈴に毒を呷るよう迫った』と説明してくれたようだ。

——これで暫くは、美音探しに専念できるかしら。

けれど程なく春鈴は、自分の考えが甘かったと思い知らされた。

＊＊＊＊＊

意識が戻ってから五日もすると、春鈴の体調は元に戻った。

飲み込んだ毒が少量だったのと、青藍が常備していた解毒薬のお陰だと御殿医から教えられた。

――鵬国に来てそんなに経っていないのに、これじゃ先が思いやられるわ。

目標は『生き残る事』ただ一つ。なのにそのゴールまでにやるべき事が多すぎる。物語の結末を知っているせいで、焦りばかりが募り正直何もかもが空回りしている状態だ。

――これじゃまずいわ。

おまけに今回の服毒事件は青藍が事を収めてくれたにもかかわらず、ほんの数日で後宮にはあらぬ噂が広まっていた。

『春鈴の部屋に賊が入ったというのは、自作自演。その上、太子の気を引くためにわざと毒を飲んでみせた』という内容が、まかり通ってしまっている。

青藍がこまめに訂正してくれるのだが、寵姫達は『太子は優しいから』と、庇っていると勘違いをしており聞く耳を持ってくれない。

それどころか、春鈴が毒を携えていたのは『太子だけでなく、皇太后も暗殺する目的だった』などという憶測まで浮上しているらしい。

確かにそれは事実ではあるが、春鈴に毒殺をしようなんて意思はない。とはいえ反論しても無意味なのは分かっているので、今まで通り自室に籠もって大人しくしている事しかできない。

そんな中、少しだが良い兆しも見えてきた。

側仕えとして春鈴の許で働く下女や女官達が、最近雑談に応じてくれるようになったのだ。最初の頃こそ、もめ事を起こさないように杏里が気を配ってくれていた。そうした細《こま》やかな杏里の気遣いのお陰で、今では春鈴を主人と認めてくれている。

彼女達と話すうちに分かったのは、みな寵姫として後宮へ上がった上位の貴族の娘や、同じ女官の仲間からぞんざいに扱われていたという共通点がある事だ。

つまりは、我が儘な春鈴の世話を逆らえない立場の者達に押しつけたのである。どこにでもある虐めだとすぐに春鈴は理解したし、自分も『加奈』だった頃は似たような経験をしている。

勤めていた会社でも派閥はあり、あえてどのグループにも入らなかった加奈は格好の標的とされた。残業を押しつけられたり飲み会から外されたりといった、下らない虐めを受けていた。

幸いその程度で落ち込む性格ではなかったので、適当に躱しつつ仕事はしていたので上司からは認められていたのだ。

しかし、全員が加奈のように上手く立ち回れるわけでもないのも分かっている。

なので自然と、彼女達には優しく接するようになった。

鼻持ちならない我が儘な姫という触れ込みを信じていた側仕え達は、次第に春鈴が自分達の境遇を理解してくれていると知るようになる。

そうなると彼女達と打ち解けるまでは、大して時間はかからなかった。

お陰で随分と生活はしやすくなったし、何より雑談のできる相手がいるというのは心理面でも大分助けられている。

杏里からしても美音を探しに町へ出たり、出入りのある商人から情報を集めたりと春鈴の側を離れざるを得ない間、そこそこ信頼できる者がいてくれるのは助かるようだ。

「春鈴様、太子から新しい着物と髪飾りの贈り物ですよ」

「え、また？」

諜報活動に忙しい杏里に代わり、身の回りの世話をしてくれる若い女官がつづらを抱えて入ってくる。

着物のしみ抜きをしていた春鈴はその手を止めて、女官に向き直る。

「まあ春鈴様。そのような事は、下女に命じてくださいませ」

「いいのよ。汚れた着物は沢山あるんだし。私が手伝った方が、早く終わるでしょ」

しみ抜きの仕方は、洗濯に長けた下女の直伝である。彼女も最初は恐れ多いと怯えていたが、春鈴が熱心に頼み込んでどうにか教えてもらったのだ。

「手を動かしてた方が、気持ちも落ち着くしね。あ、その着物は適当に仕舞っておいてちょうだい」

「宜しいのですか？」

蓋を開けもしない春鈴に、女官が怪訝そうな顔をする。

自分は将来の皇后とされているが、それは美音が青藍と出会うまでの仮の立場だ。青藍からの贈り物は、本来であれば美音が受け取るべき品なので、自分が手をつけてよいとは考えていない。

ただそんな説明をしても女官が納得するわけがないのも分かっているので、春鈴は曖昧に笑って誤魔化す。

「太子は心配なさっておいでですよ」

「うん、知ってる。でも着物や装飾品に興味ないのよ。気持ちだけ受け取るわ。貴女はちゃんと品物を運んできたと青藍には伝えておくから、心配しないで」

「春鈴様……」

——いつ殺されてもおかしくないのに、着飾ってもしょうがないしね。

以前より関係は良くなったとは言え、処刑の危機が払拭されたわけではない。

物語が正しく進み始めれば、自分のあずかり知らぬ所で『悪女、春鈴』の噂はまた広まり始めるだろう。そうなれば、青藍の態度だってどうなるかは分からない。

「春鈴様は、謙虚でお優しいお方なのですね」

「え？」

「ひどい誤解をしていました。お許しください」

深く頭を下げる若い女官に、春鈴はなんと言葉をかければいいのか迷う。その無言をまた謙虚と捉えたのか、女官は気遣うように問うてきた。

「着物やかんざしにご興味がないのでしたら、他に何か欲しいものはございませんか？」

少し考えて、春鈴はぽつりと言う。

「……焼き芋が食べたいわ」

「焼き芋？」

「落ち葉でお芋を焼くのよ」

元の世界では、加奈はよくスーパーで焼き芋を買っていた。仕事で上手くいったときは少し高級な冷凍焼き芋を取り寄せ、ささやかなご褒美として食べていたことを思い出す。

「分かりました。では失礼致します」

「うん。ありがとう」

何やら急いで出て行った女官に、春鈴は特に気を留めることなく着物のしみ抜き作業へと戻った。


そして翌日。

朝から庭が騒がしく、朝食を終えた春鈴は片付けをしている杏里に何ごとかと尋ねた。

「また何かの儀式？」

「いいえ、春鈴様が昨日仰ったことを始めるだけですよ」

言う意味が分からず小首を傾げると、杏里がくすりと笑う。

「久しぶりに我が儘を言ってくださって、なんだかほっとしました」

「え、私何かしちゃった？」

意図せず悪女的な物言いをしてしまったのかと焦るが、杏里は笑いながら首を横に振る。

「大丈夫ですよ。皆様、楽しんでいるご様子ですし。お茶会より上手くいくんじゃないですか？」

やはり、杏里の説明ではさっぱり分からない。

「春鈴様、準備が整いました」

侍女の呼ぶ声に首を傾げながら、春鈴は庭に出た。庭には花々が咲き乱れ、一年を通して住む者を飽きさせない工夫がされている。

そんな立派な庭の一角に、何故か大量の木箱と落ち葉が集められていた。

「この箱は？」

「太子からの贈り物です」

——雲嵐！　なんでいるのよ！

青藍の幼なじみであり、現在は公私ともに護衛を務める武官の男が木箱を抱えて現れた。

入国の際に式典で顔を合わせたきりだったから、もう接触はないだろうと油断していた。しかし彼は護衛という立場と、青藍だけでなく皇太后や老臣からの信頼も厚い人物なので、後宮の警護も任されている。

物語では春鈴の行動を訝しんだ老臣が、警護の目的で後宮への出入りを許可するのだ。そして春鈴はそんな彼の立場を逆手に取り、雲嵐を寝所へと呼び込み関係を持つ。

「太子は政務があるので、私が運ぶよう命じられました。それと、最近見慣れぬ下女が出入りしているとの報告がありまして……無礼を承知で申し上げますが、後ほど側仕えの者達を検分させていただいてもよろしいでしょうか？」

箱を置いた雲嵐が、春鈴に尋ねる。

――まさか、お父様の手のものが出入りしてるのを見られた？

もしも彼女が捕まれば、亞門の企ては明るみに出てしまう。そうなれば当然、春鈴も疑いの目を向けられる。

だが拒めば、それはそれで不信感を持たせるだけだ。

「えっと。貴方も分かっていると思うけど、私の部屋に出入りする者は少ないわ。大した情報は得られないと思うけど、何か聞きたいことがあれば杏里に諮って頂戴。でもくれぐれも、乱暴な真似はしないでね」

高圧的にならないよう、あくまでお願いという体で釘を刺す。すると予想通り、雲嵐は真面目な顔で頷いた。

「承知しました。女官の皆様には、ご不快にならぬよう気を配ります」

深々と頭を下げる雲嵐は、生真面目な男だ。逆を言えば女性にあまり免疫がなく、表面的な態度を信じてしまう傾向にある。

彼はそんな性格を漫画では『春鈴』に見抜かれ、泣き落としの演技で籠絡されてしまう。

だが今は、その性格を利用させてもらうしかない。

――雲嵐の籠絡ルートは避けつつ、こっちに疑いの目を向けられないようにしなくちゃ。

服毒事件から後宮内には微妙な緊張感が漂っている。

春鈴の自演を疑う者、皇妃の後釜を狙って寵姫が仕掛けた罠と噂する者。また別の陰謀論をまことしやかに囁く者さえいる。

とにかく今は無難に乗り切るために、全力を尽くさねばならないのだ。

「春鈴様。お芋はこのまま焼いて宜しいでしょうか？」

「本当に焼き芋作るの？」

「はい。落ち葉で焼いたお芋を召し上がりたいと仰られていたので、落ち葉は庭師に申しつけて集めさせました。何か間違っていたでしょうか」

指示を出したらしい女官が青ざめて平伏する。

「いや、合ってるから大丈夫。それにしても、落ち葉も芋もよくこれだけ集めたわね。ありがとう」

ほっとした様子の女官に、春鈴は微笑みかけた。自分の些細な言動が、ここでは大問題に発展しかねないのだ。

――気をつけないと……って……。

「待って！」

落ち葉に火をつけた庭師が、箱から出した芋を投げ入れようとするのを見て、春鈴は慌てて止めた。

当然だが、この世界にアルミホイルは存在しない。燃えさかる落ち葉の中へ芋を放り込んだだけでは、消し炭を量産することになってしまう。

――アルミホイル無しで、美味しい焼き芋を作る方法……そうだ！

「そのまま入れたら駄目よ！　紙と水を用意して頂戴」

「はい、ただいま！」

春鈴の迫力に気圧されて、侍女達が走っていく。程なく紙と水を張った桶を抱えて、急ぎ戻ってきた。

「紙を水に浸して、それで芋を包むの。火には直接くべないで、灰に入れてね。石もあった方がいいわね。石は火で熱して、芋を囲むように置くの」

「……お詳しいのですね」

テキパキと指示を出す春鈴に、雲嵐が怪訝そうに言う。

――まずいわ。今の私は宰相の娘。料理なんてしたことあるわけがないのよ。

『加奈』だった頃、仕事のストレス発散でソロキャンプに興味を持った時期があったのだ。結局実現しなかったけれど、野外調理の方法などをネットで調べていた知識が、うっかり出てしまった。

「民の食事に興味があって、調べたの……」

かなり無理のある言い訳だと思うが、咄嗟に上手い嘘が出てこない。だが今の春鈴には、有能な侍女がいる。

「ええ、春鈴様は以前から民の生活に気を配られてたんですよ。世間では色々言われていますけど、質素倹約がお好きなんですよ！」

そうでなければこんな知識があるはずがないと、杏里がさりげなく皆に説明してくれる。

感心している女官達に胸を撫で下ろしつつ、春鈴は杏里に目配せする。

――さすが杏里！　フォローありがとう！

それに対して杏里もさりげなく、会釈を返してくれた。

「よかったら、みんなも食べて」

「そのようなご無礼はできません」

慌てる女官達に、春鈴は山と積まれた木箱を指さす。

「こんなにあるのよ。お芋が余っちゃったら、作ってくれた人に悪いし」

春鈴の言葉が尤もだと思ったのか、女官達が頷き合う。

「では、お言葉に甘えていただきます」

「こちらのお芋も、焼いてみますね」

彼女達が納得したのを見届けてから、春鈴は庭に入れない身分の低い侍女や下女にも焼き芋を持っていくように杏里に頼む。

「本当なら呼ぶべきなんでしょうけど、同席すると下女達に咎がいくのよね」

「ええ。ですが、お気持ちは伝わりますから。良いことですよ」

後宮でも上下関係ははっきりと定められている。特に正妃の許で働く女性は、上位の者と口を利く事を禁じられているほどだ。

『悪女春鈴』は特に厳しく侍女達に接し、少しでも無礼があれば鞭打ちにしていた。

「随分と女官達に気を配られているようですな……しかし、芋ですら懐柔に使うとは恐れ入った」

しかし青藍の護衛である雲嵐は、まだ春鈴に対して懐疑的であるようだ。

嫌みなのか、それとも彼の性格的に本心なのか分からないが、敵意は感じる。

でも春鈴は、咎めるつもりはなかった。

「そう思って、当然よね」

あっさり肯定する春鈴に、雲嵐が気まずそうに視線を逸らす。まさかそういう返答がくるとは、思っていなかったのだろう。

「隣国の悪名高い女が来たら、警戒するのも当然でしょう？　第一、それが貴方のお仕事なんだし。まかり間違って、あなたまで懐柔されたら誰が青藍を、体を張って守るのよ」

つい強い口調になってしまったのは、漫画ではあっさり雲嵐が春鈴に懐柔されるからだ。

春鈴を訝しんだ老臣からの指示もあり、雲嵐は後宮へ頻繁に出入りするようになる。青藍も彼を信用しているから、春鈴が雲嵐と接触するのは容易だった。

結果として雲嵐は春鈴の愛人になり、鵬国崩壊の手助けをする羽目になってしまう。

「真面目なのは評価するけど、相手がどれだけか弱そうに見えても自分の任務を忘れて温情をかけたら駄目よ。貴方が守るべきは、青藍なんだからね」

処刑ルートを回避するための苦言だったが、どうしてか雲嵐はがっくりと肩を落とす。

「私は今、己の愚かさを恥じております。──私は貴女様を見誤っておりました。どうかお許しください」

「え？」

いきなり跪いて頭を垂れた雲嵐に、春鈴は焼き上がった芋を片手に彼をぽかんと見つめる事しかできない。

なんとも間抜けな構図だが、周囲の女官達はしんとして二人を凝視していた。

「私は噂に惑わされ、貴女が太子を害する悪女と疑っておりました。しかし真実は、太子の言うとおり素晴らしい方だと理解いたしました次第です」

「雲嵐、顔を上げて。そういう堅苦しいのはいいから」

「なんと心の広い……これからは貴女様にも、誠心誠意お仕えいたします」

──よく分からないけど、雲嵐は味方になってくれたのかしら？

疑いが晴れたのは良いことだと、ひとまず楽観的に考える事にする。

「それにしても、お芋だけでこんなに種類があるのね」

「青藍様が辺境にも使いを出して、集めさせたのですよ」

改めて箱を見れば、全て違う種類の芋が入っていると分かる。春鈴が「芋」とだけ言ったので、外見的にはサツマイモやジャガイモに似たものから、見たこともない形や色の芋まで多種多様だ。

「これは、焼いても美味しくないですよ。煮物に使った方がよろしいかと……すみません、出過ぎた発言を」

灰の中に芋を入れようとした春鈴に、女官の一人が声をかける。

「教えてくれてありがとう。じゃあこれは、お夕食用にしてちょうだい。他にも焼き芋に向かない種類があれば教えて」

「はい！」

春鈴としては当たり前の事を言っただけだが、女官達は感動している様子だ。

「主人からお礼を言われるなんて、滅多にないんですよ。それも春鈴様は皇后になるお方。こうして一緒にお芋を食べているだけでも、名誉なことなんです」

「やっぱり、感覚が分かんないなあ」

耳打ちする杏里に、春鈴は小首を傾げる。

気持ちとしてはまだ『加奈』の方が強いのだ。皆から敬われ、特別扱いされるのに未だに慣れずにいる。

「こうして、身分とか関係なく大勢で焼き芋を食べてる方が気楽でいいわ」

普段の食事も、基本的には春鈴一人だ。たまに時間のある侍女や女官に同席してもらうのだが、彼女達も仕事があるので毎回というわけにもいかない。

卓に並べきれないほどの料理を出されても、自分一人で食べきれるわけもない。余ったものは下位の使用人に与えられるのだと杏里から教えてもらったけれど、冷めてしまった料理を下げ渡すのは気が引ける。

「……できるなら、下女達にも温かい食事を出してあげたいのだけど。女官長がしきたりだ何だって煩いのよね」

「春鈴様は、本当に変わりましたよね」

「こっちが本来の私だと思うの。杏里はどう思う？」

「今の春鈴様の方が私は好きです。お優しいし、ちょっと失敗しても鞭打ちしませんし」

だから、と杏里が呟く。

「春鈴様はお優しい方なのだと、寵姫の方々にも知ってほしいです。知れば皆、春鈴様を避けたりしないでしょうに……」

仕える者として、周囲の春鈴を見る目に納得がいかないのだろう。

「杏里が気にする事じゃないわよ。私は大丈夫」

そう遠くない未来に、自分はここを出る身だ。寵姫達から疎まれる事をいちいち気にしても仕方ない。

「何ごとかと来てみれば……これは一体……」

広い後宮内とはいえ、落ち葉焚きをしていれば誰かしらが気付く。異変の報告は、当たり前だが女官長に伝えられるので、慌てて事実確認に来たのだろう。

春鈴は唖然としている女官長に、焼き芋を差し出した。

「あ、よければどうぞ。これ甘くて美味しいですよ」

「……有り難く頂きます」

面食らってる女官長だが、皇妃である春鈴から渡されたものを拒む勇気はないようで怪訝そうにしながらも受け取ってくれた。

「毒は入ってないから大丈夫よ」

「いえ、そのような事は考えたこともありません」

春鈴の服毒の件以来、女官長は自演を疑っていたと聞き知っていた。だから安心させるために言ったのだけれど、逆に警戒されてしまったらしい。

そんな微妙な空気を察したのか、雲嵐が間に入った。

「女官長、この芋の焼き方は皇妃自らが提案したものでとても美味い。是非食べてみてはもらえないだろうか」

「雲嵐殿がそう仰るのなら……」

恐る恐る芋に巻かれていた紙を剥がし、湯気を立てる芋を二つに割って口に運ぶ。

「美味しいわ」

「よかったー」

春鈴を含め、その場にいる者がみな笑顔になる。

気付けば女官長も、春鈴の側仕え達と歓談しており焼き芋会は無事に幕を閉じた。


その日を境にして、女官達の態度は明らかに変化した。

春鈴の宮に仕えている者達だけでなく、寵姫の世話をする侍女や女官達までも廊下ですれ違うと春鈴に愛想良く挨拶をしてくれるようになったのだ。

それまでは形だけ頭を下げていた者達が、心から春鈴を皇妃として認め始めていると分かる。

「噂のような悪人には見えない、なんて今更話してるんですよ。笑っちゃいますよ。私は何度も、春鈴様は良い方だとお話ししたのに」

やっと主人の良さに気付いたのかと、呆れている杏里を春鈴は宥める。

「貴女が根気よく皆に話をしてくれたから、今があるのよ。感謝してるわ杏里」

事実、焼き芋の宴だって、青藍が命じただけでは用意はしてくれても人は集まらなかっただろう。

少しずつ打ち解けられるように努力してきた結果が、こうして実を結んだのだ。

最近では側仕えから話を聞いた寵姫が、春鈴の許を訪ねてくるようにもなっている。とはいえ、朱華が後宮の実権を握っているのは変わらない。

――いずれは美音が来るし、彼女の教育係として朱華が選ばれるから問題無いわ。私は今のうちに、上手く脱出する方法と美音を見つけることに専念しなくちゃ。

未だ美音の消息は掴めないままだ。頼みの青藍は、政務にかかりきりで町に出る気配もない。杏里だけに頼ってばかりでは、負担が大きすぎる。

こうなったら、せめて皇宮内で美音の噂でも聞かないか自分で動くしかないだろう。

春鈴は女官長を呼び出すと、『皇宮内を見学したい』と相談を持ちかけた。正式に皇后となれば、政務の一部を担う事になる。

寵姫と違い、皇后は正殿で行われる様々な式典にも出なくてはならないのだ。だから少しでも勉強をしておきたいと告げると、『限られた範囲で、護衛をつけると約束してくれるなら』との条件で許可が下りた。

「よし。処刑回避に向けて、本格始動よ！」

早速春鈴は、杏里と計画を立てて正殿内を見て回ることにする。一番の目的は美音の手がかりを掴むことだが、婚約破棄の後、無事に国を出るためには根回しも必要だと考えている。

そのためには、ある程度貴族達の人間関係を把握しておく必要があった。

皇妃となる春鈴が廊下を歩けば、すれ違う貴族や家臣が頭を下げてくる。その全員に春鈴は丁寧に挨拶を返し、時には雑談に応じた。

程なく貴族達の間でも『噂と違い、優しい姫君だ』と噂が広まり、表立って春鈴を批判する者はいなくなっていった。

——好感度が上がれば、逃げるときに協力してくれるかもしれないしね。

見学という名目で皇宮内をできるだけ詳しく見て回り、外部へ通じる道を頭にたたき込む。何日かすると大体の構造と、出入りする家臣や貴族達の顔も分かるようになってきた。

そんなある日、春鈴は廊下ですれ違った一人の貴族に目を留める。その男は服装からして、正殿にはいないはずの下位の貴族だから余計に目立った。

「あの人、どこかで見たことがあるわ。ええと……！」

漫画に出てくるキャラクターは名前のある人物全員を記憶しているはずなのに、名前が出てこない。

「春鈴様？」

突然立ち止まった春鈴を、杏里が怪訝そうに窺う。

——……そうだ！　延利《のぶとし》だ！

咄嗟に名前が出てこなかったのも、無理はない。先程すれ違った男は、漫画のキャラクターではなく、元彼の潮路《しおじ》延利にそっくりだったのだ。

「でもなんでいるの？　似てるだけ？」

振り返って確認しようとしたが、その貴族の男は既に立ち去っていた。

嫌な胸騒ぎを覚えた春鈴は、杏里に先程の男を調べるように耳打ちした。

三章　甘く口説かれて

「ねえ、青藍。こっちに来てていいの？」

女官達と『焼き芋の宴』を開いて以来、あれこれと理由をつけて青藍が春鈴の部屋に入り浸るようになってしまった。

「こちらにいれば、君の開く宴にいつでも参加できるだろう？　それにしても雲嵐まで招くなんて、聞いてなかったぞ」

「まだこの間のことを気にしてるの？　お仕事があったんだから仕方ないじゃない」

別に意図して青藍をのけ者にしたわけではないし、雲嵐も荷物運びだけさせて追い返すのは申し訳無いと思ったから、焼き芋を勧めただけだ。

それがどういうわけか青藍からすると、自分だけ宴に呼ばれず悲しい思いをした。という事になるらしい。

――聞き分けのない子どもみたい。

気になっていたのだが、明らかに春鈴が漫画で読んで知っている青藍と目の前の青藍は性格が違っている。とにかく春鈴に対しては甘えたがるのだ。

何より問題なのが、そんな青藍を可愛いと思ってしまう自分だ。

本当は距離を置くべきだけど、政務を理由に出て行くよう促しても、こうしてのらくらと居座られてしまう。

「入り浸って大丈夫なの？」

「宴の件もあるが、最近不審な者が身分を偽り後宮に出入りしていると聞いている」

ぎくりとする春鈴の反応には気付かず、青藍が続ける。

「君は正妃だけれど、儀式を行うまでは不安定な立場にある。万が一、君に何かあったらと思うと……。それに俺と春鈴は夫婦になるのだから、部屋にいても問題ないだろ？」

——大ありなんです！

このままでは、自分と青藍が結婚してしまう。

幸い婚儀は様々な準備が必要なので、まだ少し先だ。その間に何としてでも美音を見つけて、二人をくっつけなくてはならない。

「正直に答えてほしいんだけど。私って正妃らしくないでしょう？　別の方に目を向けてみてもいいんじゃないかしら？　寵妃の中にいないいんだったら、下女や町娘から探してみるとか」

さりげなく美音を探す切っ掛けを言ってみたが、青藍は笑うばかりで相手にもしてくれない。

「春鈴は面白いことを言うなあ」

「別に面白くないわよ」

「浮気を勧める正妃なんて聞いた事もないぞ」

「それは浮気じゃないでしょ。青藍が寵姫を持つのは、皇帝として当然の権利よ」

当たり前の事を言っただけなのに、またも青藍は苦笑する。

「俺は春鈴がいてくれれば、それでいいんだ。——それに……」

真顔になった青藍が何か言いかけたその時、廊下から女官の声が聞こえた。

「失礼致します。秋官長からの書類が届きました」

「ああ、そこに置いてくれ」

青藍が扉近くに置かれた机を指さすと、数名の女官が書簡の山を容赦なく積み上げていく。

秋官とは、刑罰を司る官吏の役職名だ。法に則った事例なら官が裁定を下すが、それだけでは収まらない内容のものも数多くある。

勿論、青藍の許に雑務は届かないけれど、それでもこれだけの書簡の確認をしなければならないのだと知り春鈴は驚く。

「凄い量の書簡。これを一人で確認するんだ」

「春鈴は俺が遊んでばかりだと思っていたのか?」

「そんな事はないけど……」

漫画では政務のシーンはほぼ無かったので、こうして彼の働く姿を見られるのはなんだか新鮮だ。

それに、真剣に仕事をする青藍は格好いいなと思う。

「次期皇帝としての務めだからね」

話しながらも、青藍の手は全く止まっていないと今更気付いた。

目の前の仕事以外にも、次期皇帝である青藍がするべき事は山のようにある。その政務の間を縫って、彼は春鈴の許に通ってきてくれていたのだ。

──部屋に入り浸るくらいは、大目に見よう。

正殿との行き来をする時間が短縮できれば、少しは休む時間も取れるはずだ。

「真面目に仕事するのは偉いけど、あまり根を詰めたら駄目よ。できれば一日八時間勤務で、週休二日は確保したいわね。労基って、ここにはないんだっけ？」

そもそも皇帝に労働基準法が当てはまるのか疑問だが、そこまで考えが及ばず春鈴は大真面目に考え込む。

「……俺達の働く時間を気にした者は、春鈴が初めてだ。それも、夢帰りした世界の知識なのか？」

「知識、っていうかそういう考え方が当たり前だったから……あと、私が転職する前の会社がブラックで、体を壊しかけたから。働きすぎは、気になるのよ」

どこまで理解してもらえたかは分からないが、青藍は話に興味を持ったらしく手にしていた書類を置いて春鈴に向き合った。

「前にも聞いたけれど、春鈴の暮らしていた国の話を改めて教えてほしい」

「貴方に教えるような、知識はないわよ」

「何でもいいんだ。俺は色々なことを知りたい。そうだ、変わった料理を提案したと女官達が話していたぞ」

「たこ焼きのこと?」

単純に食べたくなったから作ってほしいと言っただけだが、聞いた事もない変わった料理を提案したと、女官の間で話題になっていると青藍が説明してくれた。

——こっちの世界にもタコと小麦があってよかったわ。

問題はソースだったが、異国の商人が似た品を扱っており、それを知った料理長がわざわざ取り寄せてくれた。焼き芋の宴のように人数が集まると面倒な事になりそうだったので、杏里を含めた親しい数人で『タコパ』をしたのである。

「私の話なんて……」

「先日の芋の宴の際も、興味深い話をしていたそうじゃないか。地方で穫れる作物に興味があるのか?」

「ああ、お芋の種類ね」

芋以外にも、鵬国には地域ごとに様々な野菜が穫れることも後で知った。調理の仕方で味が変わるので、作り方を書き添えて皇都の市場に出せば売れるだろうと女官と話した記憶がある。

鵬国は決して貧しくはないが、地方はその年の天候次第で生活が苦しくなると聞いた。

だったら、それぞれの地方で特産品として育てるように奨励すれば農民の利益になり、蓄えもできるだろうと単純に思ったことを口にする。

「――主食の他に、その地方でしか作れない作物を育てるの。高値で売れれば利益になるわ」

皇都の貴族達は、みな珍しい物好きだ。こぞって買うに違いないし、他国にも売れる。

「成る程。君はよく考えているな春鈴」

「私は夢の世界で食べた料理が忘れられないだけなの。折角だから、色々こっちの料理も食べてみたいじゃない？」

地方の特産品が首都に集まれば、珍しい料理を食べる機会も増えるはずだ。

――思いっきり私欲なんだけど、このくらいはいいよね？

高価な着物や宝飾類も嫌いではないけど、春鈴としてはもっと食事の環境を充実させたい。

「あと、おやつの種類を増やしたいわ。焼き芋なんかは、アイスクリームと一緒に食べるのが最高なのよ」

夢の世界で食べたデザートを思い出して、春鈴はうっとりと目蓋を閉じる。向こうでは喫茶店でも普通に食べる事のできた料理だが、鵬国で『アイスクリーム』と言っても通じない。

やはり青藍も初めて聞く単語に、首を傾げている。

「そのあいすくりーむとは、どうやって作るんだ？」

「ええと、確か卵と牛乳を冷やしながら混ぜるの」

食べた事はあっても、作ったことはない。そもそもアイスクリームはコンビニで売っているものという認識だったし、改めて青藍から問われて、春鈴は初めて『製法を知らない』と気付いたのだ。

「……もしかしたら、草原に住む遊牧民なら知ってるかもしれないわ」

テレビか何かで、アイスの起源みたいなものを見たような気がする。元々は家畜を多く飼っていた人々が作り出した、というような内容だったはずだ。

「では明日にでも、北方出身の者がいないか聞いてみよう」

後宮には寵姫以外にも、働き手として各地から若い女性が集められる。

美音は寵姫として選ばれたが、都に来る途中で賊に襲われ、紆余曲折を経て下女の身分で後宮に入るはずだ。

そこで青藍が手を貸すのだけれど、現状ではその可能性は低い。

確か美音は、北方地方の出身だ。

——美音の手かがりを得られるかも！

彼女の手がかりと美味しい食事の両方が手に入るなら、一石二鳥である。

とそこで、春鈴は一つの疑問が頭に浮かぶ。

「後宮には色々な所から姫が集められているし、食事の話とか聞いてないの？」

これまでも多くの女性が、後宮に入ったはずだ。しかし食卓に並ぶのは、所謂宮廷料理で地方色の強い食事は見たことがない。

「後宮へ入った者は、宮廷料理を食するのが決まりなんだ。郷里を捨て、国に全てを捧げるという意味でも重要な……」

「そんなのおかしいわよ！」

思わず春鈴は、声を荒らげて青藍の言葉を遮った。

「食事は大事なのよ、青藍！　宮廷料理は美味しいけど、地方の料理も取り入れるべきよ！　そりゃ好みじゃない味に当たることもあるわ。でも、それも楽しみの一つなの」

働いていた頃、『加奈』の数少ない楽しみは友人との食べ歩きだった。旅行に行くような金銭や時間の余裕はないから近場での事だけど、休みの日にインドやベトナム、変わりどころでは南米などの専門料理店に友達と出かけていた。

みんなでわいわいと話をしながら食事をしていると、仕事のストレスも忘れられた。

「……君は、変わっているな」

「え？」

「うん。やっぱり春鈴は、面白い。俺は春鈴の、その奔放な考え方が好きだ」

「ええっ？」

大真面目に手を取られ、春鈴は困惑する。

「春鈴、君と一緒に国を作りたい」

「青藍……本気なの？」

「ずっと考えていた事なんだ。以前の春鈴も聡明で、俺の政務を支えてくれる唯一の女性だと思っていた。夢帰りをした君は、もっと素晴らしくなった」

「……そんな大げさな事を言わないでよ。でも青藍の役に立てるなら……知っている事を話すわ」

青藍が次期皇帝として、鵬国を思っての言葉だと分かっている。本来ならこの台詞は、美音に向けられるものだ。

しかし彼女は未だ、物語に登場していない。

――彼女が来るまでに基盤をつくると思えばいいかな。

自分が後宮を去った後、二人には鵬国を支えるという重責がのし掛かる。上手くいかなければ、春鈴のその後にも関わってくる可能性もある。

「ありがとう、春鈴。――ところで……気になっていた事があるんだが」

「どうしたの？」

「いや、その……」

それまでの勢いはどこへやら、急に歯切れの悪くなった青藍に、今度は春鈴が首を傾げる。

「気になる相手が、いるのか？」

「……はい？」

思わず目を見開く春鈴に、青藍が視線を逸らしたまま続ける。

「俺は春鈴の幸せを願っている。もし心から好いた相手がいるなら、正直に話してくれ」

「なんでそんな事を聞くの？」

きょとんとする春鈴に、青藍が不機嫌を隠しもせず告げる。

「最近君が、侍女達に若い男の貴族の身辺を探らせていると耳にしたんだ。その、美男だと評判の男らしいじゃないか」

――もしかして、嫉妬してる？　まさかね。

一応は妻として迎えた女性が他の男に目移りしているとなれば、確かに面白くはないだろう。何より立場的に、そんな噂が流れれば国の沽券に関わるので青藍が心配するのも無理はない。

「好きな人なんていません。調べてもらっている湖延利《こえんり》という貴族が、元彼かもしれないんです。その、つまり。夢帰りをしていた世界でお付き合いをしていて……」

すると益々青藍の表情が険しくなり、春鈴に詰め寄る。

「俺よりその男が好みなのか？」

「へ？」

予想もしなかった問いかけに、春鈴はただぽかんとする。

そして我に返ると、大きく首を横に振った。

「もし湖延利が元彼だったとしても、あんな人は二度と好きになんてならないわ！」

「それならいいんだが……何かあったのか？」

あまりの剣幕に気圧されたのか、青藍も春鈴がその男に特別な感情を抱いていないと理解してくれたらしい。代わりに、そこまで強く否定する理由が気になったようだ。

春鈴も元彼の延利に関しては思うところがあるので、「憶測だけれど」と前置きをして話し始めた。

「夢帰りをしていた時、私はあの男にそっくりな人物と婚約していたの。けれど相手が恋人を作ってしまって、婚約破棄をしようとした矢先に……私は階段から突き落とされたの」

そして階段から落ちた直後、こちらの世界で意識を取り戻したのだと説明をする。

「では夢帰りの世界でも事件が起こり、その犯人が元婚約者ということか？」

「後ろからだったし犯人は見ていないの。あくまで推測に過ぎないわ。それに湖延利が夢帰りをした元彼と決まったわけでもないし」

「しかし疑いがあるなら、捕らえて調べるべきだろう。もし春鈴に危害を加えるような事があってからでは遅いからな」

「待ってよ。湖延利はまだ何もしてないわ。元彼だっていう確証もないし……それに後宮へ入れる男性は、青藍と限られた人だけでしょ？　ここから出なければ安全よ。それに無実の罪で捕らえたら、貴方の評判に関わるわ」

気持ちは有り難いが、何の罪もない人物を捕らえて尋問するのは流石にやりすぎだ。

諭されて落ち着きを取り戻した青藍が項垂れる。相変わらず、叱られた大型犬のようなその姿に、春鈴は噴き出しそうになった。

「何か分かったら、すぐに青藍にも話すから安心して」

「ああ……しかし、湖延利……」

腕を組み、青藍が名前を繰り返す。少しして何かを思い出したように頷いた。

「何処かで聞いた事がある名だと思ったが、そうだ……文官が噂をしていたんだ」

「文官の方が？」

「延利は最近妙な噂があると」

「彼が『夢帰り』だって事は公然の秘密なの？」

するると青藍が、首を振って苦笑する。

「夢帰りを隠せば、咎を受ける事もある。鵬国の貴族であれば、みな知っている。——文官が言うには、まるで政を先読みしているかのような物言いをするそうだ。他にも物の値の上げ下げや、作物の出来など。占い師のように当てたりもするらしい」

それまではぱっとしない下位の貴族だったが、数年前に突然異能とも思える才を発揮したらしい。民のためになっているのなら構わないのだけれど、最近は湖一族の利益にのみ固執するようになり、一部の文官から注意人物として見られている。

中には延利の噂を聞きつけ、取り入ろうとする貴族も出てきているらしい。

「夢帰りは関係なく、その男には既に政治的なものが絡んでいる。深入りしない方がいい」

「分かったわ」

これには春鈴も、真剣に頷く。

話の筋が変わっているのは確定事項なので、何が起こってもおかしくない状況だと判断したのだ。

――湖延利が、『延利』だって決まったわけじゃない。でも、湖延利なんてキャラは、政治に関わるような主要人物にはいなかったわ。

『亡国の龍姫』には多くの人物が出てくる。春鈴は何度も読み返していたので、名前のあるキャラクターは全員憶えていた。

それこそ一コマしか出てこないモブでも、全員の名を言える自信がある。

だから『湖延利』というキャラクターは、本編でも番外編でも絶対に出てきていないと断言できた。

――何が起こっているの?

自分が考えていた以上に、この物語は変化している。

不安を覚えた春鈴は、先日の服毒事件の真実を青藍に話そうと決める。後宮内の警備が厳しくなったのは、父の部下が出入りしてるところを見られたせいだろう。

もし捕まりでもしたら、春鈴がいくら無実を訴えても逃げられるはずはない。

「青藍、私あなたに隠し事をしていたの。この間の毒は、……私の父が送ってきたものなの。貴方を殺すようにと言われたわ」

この告白に、流石に青藍も絶句している。

「私は青藍を害するつもりなんてないわ。本当よ……信じて」

「俺は一度だって、春鈴を疑ったことはないよ。この件は誰にも言わないから、春鈴も胸にしまっておけばいい。亞門殿に関しては、改めて対策を考えよう」

優しい言葉に涙が出そうになる。

悪女として糾弾されても仕方ないのに、青藍はどこまでも優しい。

「ねえ青藍。悪い噂ばかりの私を、どうして信じてくれるの？　今回の事だって、次期皇帝暗殺を企んだ大逆の罪なのよ」

「君は毒を手に入れても、俺を殺さなかった。それが全てだろう。君と父君の考えは違っている。だから俺は、春鈴を責めるつもりはないよ」

抱き寄せられ、春鈴は青藍の膝の上に横抱きにされた。

普段は春鈴に対しては甘えるような言動の多い青藍が、とても頼もしく感じる。

「そんな悲しい顔をしないでくれ。もっと君を支えられるよう次代の皇帝らしくするから、俺を好きになってほしい」

「貴方は十分立派で、次代の皇帝に相応しい人よ、青藍」

「未熟者の俺にそう言ってくれるのは君だけだ」

大きな掌が、春鈴の頬を包み込む。剣術を得意とする青藍の手は、次期皇帝であるにもかかわらず硬く節くれだっている。

文武共に完璧であるよう努力してきた結果を感じて、春鈴はその手に自分の手を重ねる。

――頑張ってるのよね。

父を亡くし、失意の底にいる青藍を支えるのは美音の役目だと知っている。けれど彼女がいない今、支えになるのは自分しかいない。

「俺は春鈴を守りたい」

「私も、今の私にできることで青藍を支えたいわ」

すると青藍が春鈴の額に口づける。呆気に取られていると、青藍は春鈴を抱いて椅子から立ち上がり寝台へと向かう。

「君が欲しい」

「ぁ……」

啄ばむように唇が重なり、それは徐々に深いものへと変わっていく。

薄く開いた唇の隙間から、青藍の舌が口内に入り込む。優しく舌先が絡まり、歯や上顎をなぞるみたいに舐められる。

こんなに深い口づけをするのは、初めてだった。

「……っん、くるし……」

「鼻で息をして。ゆっくり進めるから、口が離れたら息を吸い込むんだ」

「え、ええ……」

ぼうっとする春鈴は、青藍の言葉を完全に理解しないまま頷く。

舌の絡み合う音が、聴覚からも春鈴を苛む。

――わたし……なに、して……？

いつの間にか寝台に下ろされた春鈴に、青藍が覆い被さってくる。

気付けば着物の前がはだけられ、帯も解かれてしまっていた。素肌を守る最後の一枚に、青藍の指がかかる。

咄嗟に身を捩った春鈴に、青藍が囁きかける。

「俺に全てを見せてくれ」

「待って、青藍……」

震える手で、彼の胸を押した。青藍からすれば、抵抗にもならないはずだ。けれど彼は、辛抱強く春鈴の言葉を待ってくれる。

「……私、初めてで……どうしたらいいか……」

泣きそうになりながら、春鈴は怯える気持ちを口にした。

「夢の世界でも、したことなくて。こわいの……本当なの。信じて」

悪女だという噂は、青藍の耳にも入っている。具体的には側仕え達へのひどい仕打ちや、浪費だ。まことしやかに、『霧国でも毎夜男を侍らせ享楽に耽っていた』との話も囁かれている。

しかし乱れた男女関係に関しては、完全な嘘だ。

霧国で暮らしていた頃は、まだ子どもだったこともあり我が儘を言うだけで満足していた。なので性的な遊びを憶え、本格的な悪女となるのは物語上これからなのである。

「君の言葉を疑ったりしないよ。それに、触れれば分かるしね」

大きな掌が、あやすように春鈴の頬を撫でた。

「俺は君と悦びを分かち合いたい。優しくすると約束するから、どうか身を預けてくれないか？」

指先が頬から首筋をなぞり、胸元へと降りていく。

くすぐったくて息を詰めた春鈴に、青藍が優しく微笑んだ。

「春鈴は敏感だな。可愛いよ」

「私、可愛くなんか……っあ……」

合わせ目から入り込んだ指先が、頭頂部を軽くはじく。刺激にびくりと体を竦ませると、すぐに青藍が口づけてくれる。

擽るように弄られたかと思えば、胸全体を包むように揉みしだかれる。

気が付けば春鈴は、肌を露わにして身悶えていた。

——そういえば青藍は、遊び人なのよね……。

物語の中でも、青藍は多くの女性と浮名を流す遊び人という設定がある。これに関して美音と一悶着あるのだが、春鈴には関係がない。というか、春鈴と青藍が床を共にする描写は全くなかった。

「どうしたんだい？」

いつの間にか青藍も服を脱いでおり、その均等の取れた逞しい体躯に月明かりがさして、筋肉の陰影が浮かび上がっている。

これまでは服に隠れて分からなかった立派な胸筋や割れた腹筋に思わず見惚れてしまった。しかし視線を落とすと当然ながら彼の性器が視界に飛び込んでくる。

「なんでもないわ。その、慣れてるなって思っただけ」

気恥ずかしさを誤魔化すように言っただけなのだけれど、何故か青藍が真顔になる。

「そりゃあ少し前は、遊んでいたけれど。春鈴が鵬国へ来るって決まってからは、一切そういった事はしてない！」

「え……そうなの？」

「俺には君だけだ」

「あっ、青藍っ」

無防備な下半身に手が伸び、臍の辺りを撫でる。驚いて止めようとする春鈴を上手く躱しながら、ゆっくりと指が秘所に触れた。

「っ……ぁあ……」

敏感な花芯を初めて他人に触れられ、春鈴は小さく悲鳴を上げる。

「春鈴、声を抑えないで」

「でも」

円を描くように指先が敏感なソコを弄ってから、不意に離れた。けれど愛撫が止まったわけではなく、周囲を撫でたりさらに下の秘めた入り口をそっと押してみたりと、まるで焦らすような動きが続く。

片手で胸を、もう片手で秘所を愛撫され、春鈴はどうしていいのか分からない。

——だめ……だめなのに……。

「愛してるよ。春鈴。俺の大切な宝石」

囁かれる愛の言葉に、腰の奥が疼く。

元の世界でも処女だったし、たまにする自慰も下着越しに触るだけで満足していた。なのに青藍に触られると、体の奥が熱くなって快感を求めてしまう。

「……すまない。自分を止めることができそうにない」

「謝らないで」

こんな時でさえ、青藍は気遣ってくれる。

その優しさに応えたくて、春鈴は勇気を振り絞り彼に全てを委ねようと決めた。

「優しく、して」

「ああ」

指が膣口に触れ、中へと入ってくる。既にそこは内側から溢れた蜜で満たされていた。

「んっ」

入り口の周囲を指で擦られ、次第に甘い疼きが蓄積していく。

力の抜けた春鈴の膝を青藍が抱えて左右に広げ、体を進めてきた。

「楽にして、春鈴」

「あっ、ああっ」

初めて受け入れる雄の欲望は熱く、その太さと硬さに怯えてしまう。無意識に逃げようとしたけれど、腰を掴まれて動けない。

開かれる痛みがあるのに、春鈴の内部はまるで奥へ誘うようにうねっているのが自分でも分かってしまう。

「っう……ひゃん」

少しの間、青藍が動きを止めてくれる。

「辛いか?」

「へいき……っ」

どうにか痛みに慣れると、次に感じるのは下腹の違和感だ。男性器に貫かれる圧迫感に、呼吸が浅くなる。

「ゆっくりでいいから、深呼吸して。どうしても耐えられないなら止めるから」

「……ん……だい、じょうぶ……」

実際もう痛みは殆どなく、性器の圧迫に慣れないだけだ。

——これが、青藍の……。

根元まで入っているそれは、臍の下辺りまで到達しているだろうか。意識すると、下腹からじわりと淫らな熱が広がる。

「やだ、私……」

「春鈴？」

明らかに、自分は青藍の性器で感じていた。

「痛むか」

「っあ、ちがう……の」

腰を撫でられ、反射的にびくりと下半身が跳ね男性器を締め付けてしまう。

「あっあ。どうして……私、初めてなのに……」

「俺達は、相性がいいんだ」

青藍は春鈴の反応を見てすぐに察してくれたらしく、真っ赤になった頬に口づけてくれる。

「辛いよりは、気持ちいい方がいいだろう？　俺も春鈴が気持ちよくなってくれて、嬉しいよ」

心から幸せそうに微笑む青藍に、春鈴もつられて笑顔になった。

「青藍は、優しいのね。私、青藍が初めてでよかった……ん」

甘い吐息まで奪うように口づけられ、春鈴は青藍に縋り付く。

「んっあ」

より一層深い場所に雄の先端が当たり、電流のような快感が腰から背筋を駆け抜けた。

初めて知る内側からの快楽に、春鈴は為す術もなく身悶える。

「あっああ……」

軽く突き上げられただけで、何度も体を仰け反らせ甘い刺激に悲鳴を上げてしまう。

「そんなに締め付けないでくれ。君を悦ばせる時間が、短くなる」

「むり……も、だめなの……あっ」

カリが入り口ギリギリまで引き抜かれ、再びゆっくりと奥に進む。

浅い場所で泣かされ、深い場所で愛される。

「いや、もう……」

「拒まないで、春鈴。気持ちいいときは、素直になってほしいな」

熱を帯びた懇願に、背筋が痺れて蕩けそうな錯覚に陥る。

「つん……あ、ァ」

「ここ?」

奥の一点を小突かれ、春鈴はこくこくと頷く。

「教えてくれて、ありがとう」

心から嬉しそうに微笑む青藍に、羞恥心が少しずつ解れていく。甘い囁きと激しい愛撫に、春鈴の心と体は完全に陥落してしまう。

「あ、それ……すき」

「ゆっくり擦るの？　それとも、これ？」

一番大切な場所の入り口を小突かれ、春鈴は快楽の涙をこぼす。亀頭と子宮口が触れ合う度に、体が多幸感で満たされる。

「いま、の……もっと、して」

恥ずかしくて青藍の肩口に顔を押しつけると、額に唇が触れた。

「可愛いよ、春鈴。このまま、いいよね？」

「え？……あ、あぁっ」

暴かれた弱い部分を突き上げられ、青藍の背に爪を立てた次の瞬間。最奥に熱い迸りを感じる。

「ん、っあ……ッ……ああっ」

びくびくと跳ねる腰を押さえつけ、射精が続く。

――私……おかしくなる……。

初めての交わりなのに、体はすっかり青藍の雄に馴染んでいる。それどころか、もっととねだるように濡れた内壁が勝手に彼を締め付けてしまう。

しがみつく力も無くなった春鈴の腕が、敷布の上にくたりと落ちた。長く激しい絶頂がやっと落ち着き、春鈴はほっとして目蓋を閉じた。そのまま眠ってしまいそうになるが、下腹部の違和感に気付いて身じろぐ。

「あ、あの。青藍？」

「ごめん、春鈴。初めての君に無理をさせたくないのだけど……我慢できそうもない」

射精したばかりだというのに、青藍の雄は春鈴の中で硬さを取り戻しつつあった。

「待って青藍。本当に、無理だから」

「できるだけ春鈴の体に負担がないようにするから」

「きゃあっ」

止める気はないのか、青藍が側にあった枕を腰の下に押し込む。そして青藍が上体を起こすと、中の反りかえった性器が内側から春鈴の腹を押し上げた。

「んっ……」

腰だけ浮いた姿勢になった春鈴は、繋がった部分を見てしまう。

互いの蜜と愛液が溢れ、濡れた股が月明かりに照らされている。淫らなその光景に、思わず息をのんだ。

「春鈴が好きな場所はもう分かったから、じっくり捏ねるね」

恥ずかしい宣言を笑顔でされて、春鈴はどうしていいのか分からなくなる。

「余計な事は……言わなくて、いい……から、ぁっ」

精液を子宮口へ塗り込めるように、青藍が腰を突き動かす。優しい律動だが、達したばかりの春鈴に耐えられるはずもない。

それに性交自体初めてだから、快楽の逃し方も知らない春鈴はただ彼の愛撫に翻弄される。

「……んっ、あ……あぁ……ふっ」

甘イキを繰り返し、頭の中が真っ白に染まっていく。もうこれ以上は意識が飛ぶという寸前で、青藍は動きを止めてしまう。

そして春鈴の呼吸が整うと、再び愛し始めるのだ。

「素敵だよ春鈴……もっと乱れる姿を見せて」

「も、イッてるの……いってるから、だめ……」

桃色の乳首を吸われ、指先で花芯を弄られる。青藍は性器で奥を捏ねながら、春鈴の体を隅々まで愛撫する。

「春鈴、また奥に出すから受け止めて」

「……うん……青藍を、ちょうだい……」

言われた意味も理解できないくらいに蕩けた春鈴は、ぼうっとしたまま彼を誘う。そして再びの射精が始まる。

二度目とは思えない勢いと量に、子宮が震える。

「っは、あ……ぁう……？　せい、らん？」

「本当に、君と俺は相性がいいみたいだ」

芯に硬さを残した性器が、胎の奥で脈打っているのが分かってしまう。流石にこれ以上は無理だと思い腰を引こうとしても、力の入らない体ではどうすることもできない。

「愛してるよ、春鈴。どうか、今夜だけは俺の我が儘を聞いてくれないか？」

耳朶をやんわりと噛みながら、青藍が囁く。

「朝になったら、俺の事を罵っても、ぶってもいいから……君を求めるのを許してほしい」

「馬鹿ね。そんなことはしないから、安心して。でも優しくしてくれなくちゃ、嫌よ」

「ありがとう、春鈴」

唇が重なり、二人は再び快楽の中へと落ちていく。

絶え間なく襲いかかる波に、春鈴はされるまま月光の下で乱れた。

＊＊＊＊＊

「ん……青藍？」

目覚めた春鈴は、暫くの間、自分の置かれた状況が理解できずにいた。

「おはよう、春鈴」

夜着の単衣すら纏っていない青藍が、至近距離で見つめている。そして自分も、素肌のままだ。

せめて着るものをと思い寝台から起き上がろうとしたけれど、抱きしめる青藍の腕が許してくれない。

「やっと夫婦の契りを交わしたんだから、もう少しこうしていよう」

そう言って嬉しそうに微笑む青藍とは反対に、春鈴は悄然としていた。

――悪女に近づいちゃった……。

『悪女春鈴』の転落は、男性と関係を持ってから加速していくのだ。物語での切っ掛けは雲嵐だが、こうして青藍に抱かれてしまった場合はどうなるのだろうか？

けれど夕べの痴態を思えば、宜しくない結果に行き着くのは想像できる。

実際にまだ、お腹の奥が甘く疼いており、少し愛撫されれば快楽に流されてしまうだろう。

そんな春鈴の葛藤など知らず、抱きしめている青藍が耳元で低く囁く。

「春鈴、いいか？」

内股に、彼の硬い性器が触れる。それだけで下腹がきゅんと疼き、数時間前まで彼を受け入れていた膣口から残滓が溢れた。

拒絶しなければと思う心とは反対に、体は青藍にすり寄ってゆく。

それを了承と取った青藍が片手で春鈴の脚を持ち上げ、己の出した精液で濡れた秘所に反りかえった自身を宛てがった。

「あんっ」

ぬぷりと卑猥な音を立てて、張り詰めたそれが春鈴を貫く。ただ甘いだけの刺激に、内側が悦びを隠せず絡みついた。

——私の体……どうなっちゃったの？

これは悪女となる前触れなのだろうかと怯えるけれど、快楽に抗えない。

「愛してる」

愛おしげに囁かれる度に、内部が彼を締め付ける。もうまともに声も出せず、春鈴は青藍の胸に顔を埋め甘い悲鳴を上げることしかできなかった。

四章　恐ろしい計略

青藍と一線を越えてしまった夜から、十日が過ぎた。

結局あれから、春鈴は青藍と寝室を共にしている。

――私って、こんなに流されやすかったっけ？

絶対に男女の関係にはならないと心に決めていたのに、その決意はあっさりと破られた。せめて一夜の過ちで忘れようとしたけれど、青藍が納得してくれるはずもなかった。

あれこれ言い訳をして春鈴が共寝を拒んでも、青藍はあっさりと言いくるめてしまうのだ。

――最終手段のアレが狡いのよ。

アレとは、青藍お得意の『お願い』である。春鈴の前に跪いて、腰を抱くように両腕を回す。そして上目遣いで『俺が嫌いなの？』と小首を傾げるのだ。

元々原作の中では一番の推しだったし、愛の言葉を惜しげもなく告げる青藍におねだりをされると、母性本能が疼くというか無下にできなくなるのだ。

――軽い感じのキャラだったはずなのに、どうしてこうなったのよ。

夕べもなし崩しに床を共にした青藍は、朝餉《あさげ》を終えると迎えに来た雲嵐に引きずられて正殿へと連行されていった。なんでも今日は、大臣を集めた重要な会議があるらしい。

なのに時間ぎりぎりまで春鈴の側を離れようとしない青藍に、雲嵐も女官長も呆れ返っていた。

「――春鈴様、よろしいですか？」

「ええ、入って杏里」

このところ、忠実な侍女である杏里は後宮から出る事が多く、顔を見るのは久しぶりだ。春鈴の側仕えという立場なので、当然後宮外に居場所はないはずなのだが、彼女は持ち前の前向きな性格を活かして、様々な部署に友人を作り出入りをしているらしい。

「色々押しつけちゃって、ごめんなさいね」

「いいんですよ。春鈴様はここから出られないんですから。私がやらなきゃ、誰がやるっていうんです」

頼られると奮起するタイプの杏里は、仕事が増えるほど元気になっていく気がする。

――青藍もだけど、杏里も働きすぎないように気を配らないと。何ごとも、健康第一よ。

鵬国からの逃亡には、杏里も同行することになっている。できるだけ穏便に事を進める予定だが、夜逃げ同然で抜け出す可能性も否定できない。

――もし追っ手がかかるような事になれば、安全な場所にたどり着くまでは休めない。体力勝負になるものね。

あれこれ考えていると、杏里が懐に隠していた紙を取り出す。小さく折りたたまれたそれは、いかにも怪しい。

「それは？」

「先日春鈴様にお伝えした、夢帰りの疑惑のある貴族に関して調べたものです。役人を統括する部署の友人から、写しを頂きました。他にも証言者の名と、男の経歴を記してあります」

周囲を警戒しながら紙を受け取って広げた春鈴は、内容に目を通すと青ざめる。最初に杏里が『夢帰り』の噂があると聞いた男と、春鈴が正殿の廊下で見かけた人物はやはり同じ男だった。

「この人、本当に夢帰りなのね？」

「はい。証言者もおります」

声を落として、杏里が続ける。

「名は湖延利。下級貴族の次男で名簿を作成する部署で働いていたそうですが、数年前に突然上級試験を受けて主席合格を為しとげた逸材だとのこと。夢帰りという事実は何故か箝口令《かんこうれい》がしかれていて、親族のごく一部の者しか知りません。夢帰りを隠匿すれば罪になると知っているにもかかわらず、随分と大胆な事をする男ですよ」

「こんなに調べてくるなんて、杏里はすごいね」

「諜報活動は春鈴様に仕込まれましたから。……すみません」

「いいのよ、本来の私は悪女だものね」

頭が良かったというか、過去の自分は悪いことにばかり知恵が働いた。気に入らない相手を陥れるために弱味を探ったり、効率的な懲罰の与え方など。たまに思い出してしまうその残酷な思考の記憶は、決して気分のいいものではなかった。

早く青藍に伝えたいけれど、今日は重要な会議が入っている。食事の間も正殿から離れられず、「頑固な爺さん達の長話など聞きたくない。春鈴の所へ戻りたい」と雲嵐に愚痴を零していたと、伝言を頼まれた女官から聞いていた。

——誰かに手紙を託して伝える……？　でも確実とは言えないわ。

杏里に託すのが安全だが、侍女という立場上、皇帝である青藍に近づくことは難しい。女官長か雲嵐も信用はできるけれど、わざわざ『内密に』とした手紙を託せば、色々と勘ぐられるだろう。

「私は春鈴様が、直接お伝えすべきだと思いますよ」

悩む心を見透かしたように、杏里が提案する。

「政務の方は治水工事に関しての議論だそうで、ほぼ纏まりかけていると雲嵐様から聞いています。数日もすれば、すぐこちらにいらっしゃいますよ」

「そうね。直接お話しした方が、いいわよね。その時は、杏里も同席してちょうだい」

「分かりました」

数日くらいなら、そう慌てずともいいだろう。それにこの貴族は、今のところ問題は起こしていない。

「そうだ、あとこれを預かってきたんです」

もう一通、杏里が手紙を春鈴に差し出す。こちらは淡い青色の紙に、香がたきしめられた贅沢なものだ。

主に高位の貴族が私的な遣り取りで使い、内容によって香りも変えるのが流行っているらしい。

当然ながら、春鈴は香りだけで内容を判断できるほど手紙を受け取った経験がないので、首を傾げながら封を切る。

「……招待状だわ。周《しゅう》夫人？」

確かこの女性は、裕福な貿易商だ。若くして亡くなった夫に代わり店を切り盛りし、今では鵬国屈指の商人にまで上り詰めた。人脈も広く貴族や高官からの信頼も得ている。

そういった経緯があるので、位こそ平民だがこうして後宮に住む春鈴に手紙を送ることも可能なのだ。

――この人は、最後までどっちに付くかはっきりしない人物なのよね。計算高いっていうか、お金にしか興味ないし。最後には美音に付いた方が儲かるって判断して、春鈴を見限るんだけど……。

春鈴に対して賄賂を送るくらいで、特別害はないキャラクターだったはずである。

「色々噂はありますけれど、付き合って損はない相手かと思います。向こうも春鈴様に取り入ろうとしてるのがあからさまですけど、利用するくらいの気持ちでいたら宜しいと思いますよ」

「つまり、ちょっとしたパーティーのお誘いってやつよね。正直、陽キャの集まりは苦手だわ」

「意味はよく分かりませんけど、春鈴様なりに正しく理解したのは分かりました」

夢帰りをしてから、どうにも考え方があちらの側に偏ってしまっている。最初は戸惑っていた杏里も、今では春鈴の口ぶりから、大体の内容は察してくれるようになっていた。

「出た方がいい？」

「夫人の顔を立てておけば、何かと役に立ちますよ。それに気に入らなければ、お帰りになれば宜しいだけですからね」

立場は春鈴の方が上なのだから、多少の非礼は構わないのだと杏里が続ける。

華やかな場は正直苦手だけれど、自分の判断で帰っていいと言われていくらか気持ちが軽くなった。

「招待を受けるわ。明後日の夜なら、まだ青藍も仕事があると思うし。丁度いいわね」

「畏まりました。お召し物は私が選んで宜しいですか？」

「任せるわ。あと、返事の手紙もお願い」


周夫人との約束の日。

春鈴は杏里が揃えてくれた着物に身を包み後宮を出た。

黒地に花と孔雀が刺繍された豪華な着物に、金と珊瑚で作られた装飾品。余り目立つ着物は着たくないのだけれど、『正妃という立場なのだから我慢してください』と杏里と女官に叱られて渋々着替えたのだ。

――重いし疲れるわ。それに帯もキツイから、ご飯が食べられないじゃない。

どうにか周夫人の館に着くと、春鈴は笑顔で出迎えた夫人に挨拶をする。

「お招きいただき、ありがとうございます。周夫人」

「いいえ。隣国から来たばかりで、落ち着かないでしょう？　今宵は気楽にお過ごしくださいませ」

従者が入れるのは、ここまでだ。

主人達の宴は、主催した周夫人の召使いが取り仕切る。つまり杏里は宴が終わるまで、門の近くにある専用の部屋で待つことになる。

離れることに一抹の不安はあるが、しきたりなので仕方ない。

「行ってくるわね」

「大丈夫ですよ。なんたって春鈴様は、一番偉いんですから。もっと堂々となさってください」

心強い杏里の言葉に背中を押され、春鈴は宴席の広間へと向かう。周夫人の館は流石に裕福なだけあって、貴族と同等の豪華な造りだ。

置かれている装飾品も、いかにも高価な壺や彫刻ばかりで皇宮と変わらない気がする。

夫人に案内されて廊下を進み広間の前に着くと、中から賑やかな音楽や笑い声が聞こえてくる。

声から察するに、かなり多くの客が来ているらしい。

「春鈴様とお近づきになりたい姫君が、多くいらしてますのよ」

「え、私と？」

悪女の噂は、まだまだ影響力を持っている。先日の焼き芋の宴で侍女や女官と打ち解けたといっても、それはごく一部だ。それに貴族の姫君や寵姫は、春鈴を敵視している事に変わりはない。

「みな寵妃筆頭の朱華様を恐れているのです。本心では春鈴様と仲良くなりたいと思っている姫の方が、多いのですよ」

「そうなのね」

正直なところ、意外ではあった。

物語の中では、後宮内の姫はみな春鈴を恐れていたからだ。取り巻きもいなかったわけではないけれど、春鈴が怖くて仕方なく従っていたに過ぎない。

——物語の春鈴は後宮へ入って早々に、恐怖での支配を確立したけど……私は何もしてないもんね。

『焼き芋の宴』以降は、なるべく目立たないように行動している。なので現在でも後宮での主導権を握っているのは朱華だ。優しく聡明な彼女は姫君達を纏めており、女官達の評判も相変わらず良いと杏里から聞いていた。

反対に春鈴は皇后を約束された身であるのにもかかわらず、取り巻きの一人もいない。先日開いた『焼き芋の宴』のお陰で、側仕えの女官と侍女が気さくに話してくれるようになったがそれだけだ。

――いずれ私は出て行くんだし。朱華は美音と青藍の仲を取り持つ役割だから、これでいいのよ。

……青藍だってそのうち、私を嫌いになるのだから。

嫌われるのは覚悟の上だ。なのにどうしてか胸の奥が痛むけれど、気付かない振りをする。

特に青藍に抱かれて以来、時折こうして胸が苦しくなるのだ。

流されるままに肌を許してしまったのは、きっと自分の中にある悪女の性がそうさせたのだろう。

やはり後宮に留まる限り、処刑エンドからの解放は望めない。

――しっかりしないと。

自分に青藍への恋心はないし、青藍から向けられる思いも美音が現れれば消えてしまうものだ。

そう自分に言い聞かせて、春鈴は周夫人と共に広間へと入った。

「わあっ」

「お気に召しましたか?」

「素敵なお花……え? これって、玉?」

広間には壁に沿って大きな花瓶が置かれ、様々な花が生けられていた。特に目を惹くのは、春鈴の席の両隣に置かれた花々だ。

生花に交じって、宝石で作られた花が生けられている。どれも見事な造りで、思わず見とれてしまう。

「春鈴様は美しい品がお好きだと聞きましたので、職人に作らせたのです」

「そ、そうなんだ。ありがとう」

「さあ、おかけください。あらあら、春鈴様の美貌に、宝石も花も己を恥じて萎れそうですわ」

あからさまなおべっかに、春鈴は何と答えてよいのか分からない。春鈴が美しいのは事実だけれど、度を越した褒め言葉は嬉しいとは思わない。

——周夫人て、こんな人だったんだ……うわあ、お姫様達から観察されてる。

警戒されるのも無理はない。自分は霧国の悪名高い宰相の娘で、本人も『悪女』と噂される女なのだ。

覚悟はしていたけれど、大勢からじろじろ見られると萎縮してしまう。

こういう時はお酒でも飲んで気持ちを紛らわせるのがいいのだろうけど、夢の世界でのトラウマでこちらに戻ってからは一滴も飲んでいない。

できるだけ気にしないよう、膳に載せられた料理を食べていると近くの席に座る姫が声をかけてきた。

「私、零蘭《れいらん》と申します。お目にかかれて光栄です。寵姫として上がった身ですが、春鈴様と仲良くしたいってずっと思ってました」

「ありがとう、零蘭。私も貴女みたいに可愛い姫君と知り合えて嬉しいわ。これからもよろしくね」

「はい！」

よく見れば、まだ幼さの残る少女だ。席の位置からして、大臣か上級貴族の娘だろう。こんな少女まで政治の道具として後宮に入れられたのかと、春鈴は内心憤った。

幼い少女の無邪気な発言を切っ掛けに、広間のあちこちから姫が挨拶に集ってくる。

「初めてお目にかかります。今宵春鈴様がお見えになると聞いてたので、宴を楽しみにしてました」

「わたしも春鈴様と、お話ししたかったんです」

「ありがとう。これからは後宮内でも、気楽に訪ねてくれると嬉しいわ」

微笑みを返すと、集まってきた姫達も頬を紅潮させ場が華やぐ。

「本当にお美しいわ。まるで天女のよう」

「朱華様は嫉妬なさってるんじゃないかしら」

「ええ、きっとそうよ」

「そんなことないわ。朱華は清楚で、とっても綺麗な方よ」

春鈴としては朱華は十分に美しい女性だと認識しているので、咄嗟に彼女を庇った。

「春鈴様は、お心も美しいのですね。やっぱり朱華様がなんと言おうと、正妃には春鈴様が相応しいわ」

「え、……そうかしら？　みんなだって、綺麗よ。誰にも太子の相手になる可能性はあるんだから、私ばかり持ち上げないでよ」

さりげなく、美音が皇后になった場合でも周囲が納得できるよう話を変えたつもりだった。しかし何故か姫達は顔を見合わせ、小首を傾げる。

「本当に謙虚な方なのですね。太子が心惹かれるのも分かります」

「悪女だなんてひどい噂、誰が言い始めたのかしら？」

――困ったわ、そういうつもりじゃなかったんだけど。

彼女達と仲良くなりたい気持ちはあるが、余計な厄介ごとが増えては意味がない。春鈴は愛想笑いだけをしてやり過ごそうと決める。

――料理を楽しみにしてたけど、我慢するしかないわね。

挨拶を済ませたら適当な言い訳をして帰った方がいいだろう。当たり障りのない会話に相づちだけしながら、タイミングを見て席を立つ。

「春鈴様、どちらへ？」

流石に席を立つのが不自然だったのか、すぐに周夫人が近づいてくる。

折角歓迎の宴を開いてくれた周夫人に失礼だと思い、適当な言い訳で誤魔化した。

「……ちょっと夜風に当たりに……」

「でしたら、奥の庭をご覧になってください。水仙が自慢の庭なんです」

杏里の待つ門とは反対側の庭へと案内されてしまうが、上手い断りの言葉が出てこない。

――少しだけお庭を見てから、やっぱり気分が優れないって言い訳して帰ろう。

一人にしてほしいと告げると、周夫人はあっさりと宴席へと戻っていった。ほっと胸を撫で下ろし、傍の椅子に腰を下ろす。

「綺麗……」

自慢というだけあって、見事な庭だ。夕闇の中に石灯籠の灯りが浮かび上がり、花々を照らしている。

中でも池を中心に広がる水仙の花畑は見事なものだ。

後宮の春鈴が使う部屋の庭も素晴らしいが、周夫人の庭はそれに匹敵する。

「それだけお金持ちって事よね。人脈もあるし、敵に回したら厄介だわ……え？」

庭の奥で人影が動いた気がして、春鈴は目を凝らす。確かにそれは人間だったが、この場にはいるはずのない人物で思わず声を上げてしまう。

「ノブトシ、なの？」

近づいて来たその相手は、確かに『夢の世界』で付き合っていた潮路延利だったのだ。衣服は鵬国の官吏が着るものだが、その顔は見間違いようがない。

名を呼ばれた男は一瞬歩みを止めたが、すぐ小走りに近づいて来た。

「春鈴様？　夢帰りする前の名を、どうして知っているのですか？　……まさか加奈なのか」

どう答えようか迷っている間に、男は春鈴の側まで来てしまう。

「やっぱりそうか。遊び好きの悪女のはずなのに、部屋に引きこもって芋を食ってる変わり者だと噂で聞いたが。『亡国の龍姫』の春鈴は、そんな設定じゃなかっただろう？　だから私と同じ夢帰りと踏んでたんだが……そうか、やっぱり加奈だったんだな」

じろじろと不躾な視線を向ける男を春鈴は睨み付けた。

「貴方なんて、知らないわ！」

「嘘を吐いても無意味だぞ。お前が私を『ノブトシ』と呼んだのは聞こえていたからな」

「……どうしてここにいるのよ」

「お前と同じで、死んだんだよ！　お前の葬式帰りに、彼女と喧嘩して。刺されたと思ったらこの世界にいたんだ。まあお前の持ってた漫画を読んでいたから助かったから、許してやってもいいぞ」

相変わらずの暴論と上から目線の言葉に、聞いていて目眩がしてくる。付き合った当初は自信に満ちあふれる男性と感じていた言動も、少しすると単なる自己中のモラハラ男と気が付いた。

それでも結婚すればきっと変わってくれると、根拠のない考えで現実を見ないようにしていた結果がこれだ。

何が楽しいのか知らないが、延利は黙り込んだ春鈴を見つめてにやにやと笑っている。

「どういうわけか、こっちの世界には五年前に夢帰りをしたんだ」

「五年前？　なんてそんな事に……」

「さあな、理由は神様にでも聞いてくれ。ともかく、これは天が私に味方したのだとすぐに悟ったよ。恐らくこの世界の神は、愚かな物語を私に預けると決めたに違いない」

自己中心的な思考回路に、目眩がする。思えば以前から、延利は根拠のない自信に満ちあふれた男だった。

その大げさな物言いを、『自己肯定感が高い』と考えてしまった結果、加奈は彼に惹かれて恋に落ちたのだ。けれど蓋を開けてみれば延利は口だけの軽い男で、付き合い始めてから散々に振り回された記憶しかない。

――この人、何も変わってない。ううん、もっとひどくなってる。もしかしてそれが原因で、話が変わってしまったの？

何故彼が五年前の世界に戻ったのかは分からない。だが、物語の改編された原因の一つとなっているのだろうと、春鈴は考える。

「話の展開を知ってる私は、一族では神様扱いさ」

嫌な予感に春鈴はじりじりと後じさり距離を取ろうとする。

「それにしても、あの女。私が警察から疑われてると聞いた途端、別れるって大騒ぎしやがって。黙っていれば分からないのに、警察へ行くって言うから殴ったんだよ。そうしたらいきなりヒステリーを起こして、私を刺したんだ。ひどいだろう？」

「あなた、自分の言ってること分かってるの？」

「あのな加奈。お前みたいに地味な女と付き合ってやったんだ。感謝してくれよ。けど、加奈も悪いんだぞ。親の保険金ががっぽりあるって噂だったのに、進学費用で使ったとか詐欺じゃないか」

「それが理由で、浮気したの？」

「浮気をすれば真面目なお前は別れると言い出すだろう？　あの時、部長に相談するって言い出さなかったら、私だって突き飛ばしたりしなかったさ」

まるで自分のしたことは正しいとでも言うかのように、延利は平然として告げる。

「私がビール程度で酔うはずないのに、あのお酒には何か入れられてたのね。じゃあ駅で階段から突き落としたのはやっぱり……」

はっとして、春鈴は口元を押さえた。

「今頃気付いたのか？　お前は本当に馬鹿だな」

どうしてこんな最低な男と付き合っていたのかと、過去の自分を殴りたくなった。

「昔の事は水に流そう。夢帰り同士で仲良くしようじゃないか」

「嫌よ！」

「まあ、落ち着け。太子はぼんくらだ。私達が付き合ってても、黙っていれば気付きはしないさ」

「付き合うって、どういう事よ！　私の立場を分かって言っているの？」

「勿論だよ『悪女、春鈴』様。毎晩男を連れ込む淫乱女、だろう？」

違うと訴えたところで、恐らく延利は聞く耳を持たない。この男の性格上、自分の思い通りにならないものは見て見ぬ振りをするのだ。

逃げようとする春鈴の手を掴み、延利が勝ち誇ったように笑い出す。

「霧国でお前を暗殺するよう仕向けたのは、私が仕組んだことだ。いくら絶世の美女でも、いつ寝首をかかれるか分からない女を側に置きたくはないからな」

暗殺が失敗に終わったと報告を受けた延利は、すぐに計画を練り直した。つまり護衛の少ない鵬国へ嫁がせてから殺した方が確実だと判断したと、得意げに話す。

「亜門が元の話と違って親馬鹿だったから、早く安全な鵬国へ嫁がせるよう説得するのに苦労したんだぞ。加奈が悪女に『夢帰り』していたのは想定外だったが……」

「じゃあ、貴方がこの話を変えていたのね？」

「そんな大げさな事はしていないさ。それに私はあらすじに沿って、忠実に進めた。変わったのはこっちの世界の人間の責任だろう。ともかく話を知っている私達が組めば、国の乗っ取りなんて簡単だ」

「国の乗っ取りなんてさせないわ！　手を放して……っ」

「黙れ！」

掴まれた手を振りほどこうと藻掻く春鈴を、延利が怒鳴りつけた。それでも怯まず彼を睨むと、苛立ちを隠しもしない延利が頬を殴る。

「お前がこれから仕出かす悪事を、全て暴露してもいいんだぞ。既に悪女としての噂は広まっているからな。夢返りをして『加奈』の記憶があるからといって、悪女である事に変わりないだろ」

延利が言葉に詰まり恐怖で俯く春鈴の髪を掴み無理矢理顔を上げさせた。

「あの太子には消えてもらう」

「止めて。青藍には何もしないで！」

「この国では、夢帰りが信じられている。夢帰りの世界でお前が悪女だったとバラされたくなかったら、言う事を聞くんだな。お前と本来の主人公の女を侍らせるのも悪くない。春鈴の中身が加奈なら、恐れる必要もないしな。今夜からたっぷりと、その体で奉仕してもらうぞ」

舌なめずりをする延利の顔は、醜く歪んでいる。

「青藍は巻き込まないで……お願い」

「全ては、お前次第だ。別に私を皇帝にしろとは言っていないさ。私との子を、太子の胤だと偽って育てればいい。そして私は、宰相として国を支える。悪い話じゃないだろう」

あまりに一方的な言い分に、怒りがこみ上げてくる。

——なんとかして、逃げないと。

そして一刻も早く、この男の計略を青藍に伝えなくてはならない。隙を窺っていた春鈴に、やっと助けが現れた。

「どうかなさいましたか？」

「周夫人！　助けてください！　この男が……」

延利が春鈴の口を塞ぎ、わざとらしく作った優しい声音で周夫人の問いに答える。

「春鈴様は、気分が優れないとの事で私が介抱していたのですよ」

「あら、でしたら休んでいかれてはどうですか？　寝所の用意はしてありますので、延利様に看病していただくのが宜しいかと」

明らかにおかしい状況だが、周夫人は延利の言い分を疑わないどころか彼に味方するような物言いをする。

「……っ、何を言っているの！」

口を覆う手を退け叫ぶと、周夫人が耳元に顔を寄せてくる。

「ちょっとしたお遊びじゃないですか。延利様はお上手ですから、春鈴様もきっと虜になりますわよ」

下品な笑いと内容に、春鈴は彼女もまた自分の敵であると気が付いた。

「上手って……」

「あらあら、男遊びは初めてではないのでしょう？　仲良くしましょうよ」

「このご夫人は口が堅い。だが私の誘いを断れば、今夜の噂はすぐに皇太后の耳に入るだろう。そうなればどうなるか。悪女の顛末を知っているお前なら分かるだろ？」

呆然とする春鈴の腰帯に、延利が手を伸ばす。必死に藻掻いて逃げようとする春鈴の姿を楽しむように、二人がかりで体を押さえつけてくる。

「ひぃっ」

「ぎゃあっ」

悲鳴を上げたのは、延利と周夫人だった。それぞれ手を押さえ廊下に蹲ってしまう。

何が起こったのか分からず春鈴が立ち竦んでいると、不意に背後から抱き寄せられる。

「手加減はしたが、骨にひびくらいは入ったかもしれん。自業自得と思え」

力強くも優しい手と、深い響きの声。

こんなふうに触れてくれるのは、彼しかいない。安堵した春鈴は、その人に凭れるようにして体の力を抜いた。

「誰だ、貴様！」

「この国の太子だが？　我が妻に不埒な行いをする者がいると聞いて、急いで駆けつけた次第だ」

「青藍……」

肩越しに見上げると、皇帝の衣を身に纏った青藍が安心させるように見つめ返してくれる。けれどすぐ、その表情が曇った。

「その頬は……この男の仕業か？」

春鈴は黙って頷く。安心したからか、ぶたれた頬が熱くじんじんと痛み始めた。青藍が春鈴を守るように、胸元へ抱き込んでくれる。

青藍の着物に包まれた春鈴は、その胸元に縋り付いた。

「もう大丈夫だ、春鈴。——湖延利、言う事はあるか？」

顔を見なくても、彼が怒っていると声で分かる。

これまで春鈴は、青藍が本気で怒ったところは一度も見たことがない。雲嵐と口論している姿は見かけたが、気心の知れた友人との遣り取りだと春鈴にも分かっていた。

しかし今の青藍からは、本気の怒りが伝わってくる。

そんな青藍に対して延利は謝罪するでもなく、なんと春鈴を批判し始めたのだ。

「この女が誘ったのです！　私はこの女を正気に戻そうとして、仕方なく頬を叩いたのです。私は被害者ですよ！　太子も悪女春鈴の噂は、ご存じでしょう？」

騒ぎに気づいたのか、いつの間にか広間から寵姫や女貴族が出てきて春鈴達を遠巻きに見ている。

男子禁制とされていた宴の席に、男の怒鳴り声が響いたのだから当然だろう。

寵姫達から奇異の目で見られていると分かっているはずなのに、延利の独りよがりな演説は止まらない。

「皆欺されているのです。春鈴の本性は、涼しい顔をして男を惑わす毒婦です。いずれ鵬国に、災いをもたらすでしょう」

話しながら、延利が周夫人に視線を送る。

「ええ、わたくしもお止めしたのですが。どうしても男を呼べと仰るので逆らえず。仕方なく友人の延利殿に来て頂いたのです」

味方を得て調子に乗ったのか、延利は嬉々として、春鈴が悪女の本性を現し国を乗っ取るつもりでいるのだとまるで見てきたように話す。

だが、青藍は聞き終えると一言。

「言いたいことは、それだけか」

と、冷たくあしらう。

自分の主張が受け入れられていないと気付いた延利が、苛立ったように言葉を続ける。

「お待ちください。私は証拠を持っております。夢帰りなんです！　この女は、私を陥れようと……」

「見苦しいですよ、延利様。あなたが春鈴様に不敬を働いた様子は、私が証言いたします。周夫人の言葉も全て嘘でございます」

背後から現れたのは、使用人姿の女性だった。確か春鈴を、広間まで案内した人物だと記憶している。

突然口を挟んできた使用人に、恥をかかされたと思ったのか周夫人が声を荒らげた。

「下女ごときが。主人の話を嘘だと申すのか！」

「私の主は、雲嵐様でございます。周夫人には以前より国家反逆の疑惑がございましたので、調べておりました。この屋敷には、私以外にも雲嵐様の部下が多数おります」

つまり言い逃れはできないのだと、下女がたたみ掛ける。

「春鈴様の居室にも、手のものを送り込んだと下女から密告がありました。全員捕らえてありますよ。今宵の宴も、春鈴様を陥れるためのもの。延利様が周夫人に送られた書状など、証拠は揃っております」

すると延利が、周夫人の肩を掴んで揺さぶり問い詰める。

「周夫人、証拠は捨てろと言ったはずだぞ！」

「だからくずかごに捨てました！　わたくしは悪くありません。塵あさりをするその下女を叱ってください」

返事を聞いて頭を抱えた延利がその場に蹲った。

――延利も周夫人も……似たもの同士って感じね。

周夫人の設定は計算高いが頭は良いはずだった。けれど延利と親しくなったせいで、折角の良い設定が消えてしまったらしい。

「この者達を捕らえよ」

「畏まりました」

黙って見ていた青藍が一言命じると、広間や庭先から数名の下女が出てきて手早く周夫人と延利を縛り上げ引き立てていった。

「丁度いいな」

「何が？」

宴そっちのけで騒ぎを眺めていた寵姫達に向かい、青藍が声をかける。

「俺が愛しているのは春鈴だけだ。寵姫を持つつもりはない」

突然の宣言に、寵姫達が静まりかえった。皇帝が一人の女性に愛を注ぐのは、歴史的に多くはないが珍しい事でもない。しかし寵姫を取らないというのは、あり得ない事体だ。

「以前から寵姫の制度は廃しようと計画していたからな、伝えるならば、早い方がいいだろう。宴に来ていない者にも伝えておいてくれ。すぐに家に帰れとは言わぬが、これからの身の振り方を考えておくように」

「それは駄目よ！」

咄嗟に春鈴は叫んだ。もし制度を廃止してしまえば、美音が下女として後宮に入って来られなくなる。

「……俺が嫌いなのか？」

「そうじゃなくて。……その……あなたは太子なんだから、子どもは沢山作らないと！」

「春鈴が産んでくれればいい。夕べもあんなに愛し合ったんだから、すぐに子が宿るだろう」

そう言いながら、青藍が春鈴の腹をそっと撫でる。

「ぱか！　人前でする事じゃないでしょう！　もう黙って！」

「嫌だ。俺には春鈴だけいればいいのだと、皆に理解してもらわなくては困る」

どこからどう見ても惚気だが、青藍にその自覚はない。だが寵姫達にしてみれば、付け入る隙のない二人の絆を見せつけられたも同然だ。

一人、また一人と帰り支度を始める彼女達を、春鈴はため息と共に見送るしかない。

その時、わざとらしい咳払いが聞こえて、やっと青藍が黙った。

背後にはいつの間にか雲嵐が立っており、呆れた様子で青藍に苦言を呈する。

「続きは帰ってからにして頂きたい。お二人の仲が睦まじいのは良いことですが、過ぎたる事はよろしくありません」

「本当の事を言って、何が悪い」

「そういう問題ではないと、どうして分からないのですか！」

「大声を出すな雲嵐。春鈴が怖がるだろう……春鈴？」

「だいじょぶ……よ……」

けれどその声は、自分でも驚くほど掠れたものだった。

慣れない場でのストレスと、延利にぶたれたショックが今になって一気に押し寄せてくる。

「春鈴！　春鈴しっかりしろ！　誰か医者を呼べ！」

大げさだと笑おうとしたけれど、唇が動かない。

そのまま春鈴は青藍の腕の中で気を失った。

＊＊＊＊＊

数日後。漸く元気を取り戻した春鈴は、杏里から延利と周夫人のその後に関して教えてもらった。

二人は共謀して高位の貴族夫人や姫に取り入り、春鈴の悪い噂を広めていたのだという。更に彼女達の間にもわざと諍いを起こすような嘘を流し、互いに正確な情報を得られないように画策していたと判明した。

他にも横領や、税の誤魔化しなど様々な罪が露見し、当分は取り調べのために牢に入れられるらしい。

「延利は霧国の宮廷内にも、自分の息のかかった者を送り込んでいたようですからね。重い罰が下るでしょう」

「……私を階段から突き落とした女官も、延利の差し金だったようだし……お父様がご無事ならいいのだけれど」

毒薬の事件以来、亜門からの連絡は途絶えている。

青藍も霧国の内情を探っているようだが、幼い皇帝が病に臥しているとの事で、とても話し合いの場を設けられる状況ではないようだ。

とりあえずは平穏な日々が戻ってきたように思えた。しかし、心静かに過ごせたのはほんの僅かな時間だけ。

またも春鈴を悩ませる事態が勃発した。

その原因は、なんと青藍だった。

——どうしてこんな事になったのよ！

春鈴が頭を抱えるのも無理はない。

酒宴での騒動が切っ掛けとなり、寵姫廃止の話が本格的に進み始めてしまったのである。

——寵姫廃止は、青藍が美音と出会ってからよ。それにその頃には、春鈴は処刑されてるのに。

そもそも、青藍が何故こんなにも自分に執着するのか春鈴には理解ができない。毎晩のように部屋を訪ねてくれる青藍は情熱的に春鈴を抱くけれど、いずれは離れていく相手だ。

愛の言葉を本気に受け止めてしまったら、美音が現れた後で辛くなるのは自分なのだ。

けれど春鈴の困惑など余所に、事態は勝手に進んでいく。

「春鈴様、こちらが現在後宮にいる寵姫の名簿でございます」

「……ありがとう」

渡された名簿には、数十名の寵姫候補と彼女達に仕える者の名と身分が記されていた。後宮に入った女性は、皆等しく皇帝の所有物とされ、望まれれば床を共にする。

朱華を筆頭にした寵姫の身分にある姫達は、主に都の大臣や上級貴族の娘ばかりだ。そして彼女達の世話は地方役人や下級貴族の娘が担う。つまり本編の主人公である『燐美音』は、使用人として後宮に呼ばれている。

——この中に美音の名前があればいいのだけど。

杏里が手を尽くしても、未だ彼女の手がかりは掴めていない。名前を偽っているか、まだ市井に留まっているのかさえも分からない状況なのだ。

「この者達の処遇ですが……」

「ええ、分かっているわ。悪いようにはしないから、少し考えさせて」

寵姫制度が廃止になれば、集められた姫達はお役御免となる。

当然青藍は、彼女達に指一本触れていない。

名簿を捲りながら、春鈴はため息を吐く。寵姫の大半は、親が無理矢理後宮へ送り込んだ姫達だ。生まれながらにして政治の道具となるよう教育されてきた彼女達は仕方ないことと諦めているが、春鈴からすれば納得できない。

宴の席で声をかけてきてくれた寵姫を呼んで話を聞いてみたところ、寵姫として権力を得るつもりでいた姫もいたが、意外にもそれは少数派だった。

殆どの姫は想い人がおり、寵姫廃止に関しては素直に喜んでいたのである。

だが問題は、地方から連れて来られた侍女や下女となる女性達だ。後宮に入った地方の娘は、故郷では死んだものとして扱われるらしい。

戻ったとしても「不出来な出戻り」として扱われ、結婚相手どころか実家でも居場所がないのだという。

各自の意思を確認した春鈴は、まず青藍に、後宮へ集められた女性達の抱える問題を説明した。

それぞれに事情があるので、全員を実家へ戻すのではなく、何かしら取り計らった方がよいと春鈴は考えたのである。

青藍も春鈴の話に理解を示し、改めて全員の希望を可能な限り聞き入れると約束してくれた。

大体の方針が決まると、すぐに春鈴は行動に出る。

まず恋人のいる姫には、青藍から親を説得する手紙を書いてもらい結婚の許しを得た。

次に地方から送られた者の処遇だ。結婚を望む者には身元のはっきりとした相手を紹介し、信頼の置ける貴族に後ろ盾となってもらう。その上で、お互いが納得した場合のみ結婚を許可した。結婚願望はなく家からも独立したいという者には職を斡旋し、不自由なく暮らせるように気を配った。

春鈴としては、いずれ美音が現れたときに青藍との障害になる者の排除を進める程度の考えだった。

しかし正妃自ら指揮を執り、一方的な追放ではなく後宮の女性達を守る差配に心打たれる者が続出する。その中には、春鈴を敵視していた朱華も含まれていた。

「――ひどい事を言って、申し訳ありませんでした。失礼な態度を取った私にまで、寛大な処置をしていただけるなんて……」

久しぶりに朱華をお茶に呼んだ春鈴はさりげなく、彼女が思っている男性貴族との婚姻を纏めたと話を切り出したのだ。

「そんな、気にしないで」

実は朱華には、恋仲の相手がいたのである。しかし互いに立場を理解していたから、朱華は恋人との結婚を諦めて後宮へ入ったという経緯がある。

これも物語の重要なポイントとなるので、はっきりと憶えていたのだ。

――本当なら、美音が恋人との仲を取り持つのよね。

美音がするべき事だけれど、彼女がいない今、自分が動かなければ朱華は再び政治の道具として別の相手と結婚させられるだろう。そんな辛い境遇にあっても泣き言一つ言わない朱華を放ってはおけなかった。

――あとは美音を見つけて、青藍と結婚させれば私の処刑ルートはなくなる……。

ずっと望んでいた事なのに、考えると胸の奥が痛くなる。

青藍は政務が忙しくなった事もあり、床を共にする回数こそ減っているが、代わりに後宮へ渡れない夜は必ず文を寄越すのだ。

文にはどれだけ春鈴を愛しているかという言葉が、それこそ溢れんばかりに書かれている。

読んでいて気恥ずかしくなる台詞ばかりなのに、嬉しくなる自分もいるから複雑だ。

「春鈴様は、後宮勤めの者の差配を全てお一人で？」

「ええ、要領が悪くて。まだ半分しか決まっていないのだけどね」

「お体を悪くしてしまいますよ。こういう時こそ、私どもや女官を頼ってくださいませ」

そんな風に気遣ってもらえると思っていなかったので朱華の言葉に驚いていると、いきなり杏里が部屋に飛び込んできた。

「春鈴様、見つけました！　燐美音は、下女として後宮に入っております。いかが致しましょう？」

「一体いつからここに？」

「数週間前に侍従の一人が町で声をかけたそうです。姫君も増えてきたので、下女が足りなくなる前に、見目の良い女子を後宮に上げているのだとか」

その際、何故か美音は姓を持たない身分だと告げ、出身も誤魔化していたようだ。

身分を偽った事実を突きつけて、捕らえるのは簡単だ。けれど無闇に美音を害するような真似をしたら、悪女になってしまう可能性が出てくる。

「私が彼女を探していると気付かれないようにして。少し考えたいの」

――美音が身分を偽って後宮入りするのは話の通りだわ。けど経緯が違う……。

考え込む春鈴に、杏里が顔を寄せて囁く。

「あの、春鈴様」

「なに？」

「その燐美音なのですが、ちょっと気になることがあって。寵姫廃止の勅令が出てから、春鈴様がそれぞれの話を聞く前に上級貴族との結婚話が持ち込まれたそうです。けれど美音は『身分が違うから』と断ったと。でも後宮を出て行く素振りもない様子で……周囲も彼女の行動を不思議に思っているんです」

低い身分の下女ならば、皇都の貴族との結婚は玉の輿以外のなんでもない。その誰もが羨む結婚を断るなど、余程の理由があるはずだ。

――やっぱり、美音は青藍と出会っているんじゃないかしら？　後宮へ入るよう手引きしたのも、青藍の部下だって考える方が正しいわ。

物語では身分を偽って後宮へ上がった美音は春鈴に虐められ、ひどい怪我を負う。その事件が切っ掛けで、春鈴と青藍は対立を深めるのだ。

勿論、今の春鈴は美音を虐めるつもりなんてない。

――けど私が直接手を下さなくても、美音が怪我をして……それが私のせいだと誤解されでもしたら……。

確実に自分は処刑されてしまう。それにこの一件が切っ掛けで、春鈴は本性を露わにするのだ。結果として鵬国は政治が乱れ、青藍は国を追われることとなる。

美音が現れた以上、青藍を守るには、辛いけれど自分が身を引くのが一番いい方法なのだ。春鈴はすぐに女官長を呼び、これまで心に秘めていた事を告げる。

「この美音という名の下女が、本来の妃なんです。どうか彼女を、正妃として認めてください」

「春鈴様、一体どういう事です」

「そうですよ！　青藍様と春鈴様は、愛し合っているじゃないですか。なのにどうして……」

女官長と朱華が口を揃えて疑問を口にする。

しかし春鈴もまさか『夢の世界で読んだ物語を再現するため』とは言えない。言えば自分が悪女になってしまう事も、告白しなくてはならないからだ。

「いいから、一刻も早く青藍と美音を結婚させて！　お願いよ！」

叫ぶ春鈴を前に、朱華が女官長に目配せをする。

「春鈴様は、何か思い違いをしているのですよね？　侍女に気分が落ち着くお茶を用意させますから、少々お待ちくださいませ」

「間違いなんかじゃないわ。私、青藍に話してくる」

宥める朱華に春鈴は首を横に振る。けれど隣室に控えていた侍女達が部屋に入ってきて、さりげなく室内の扉を全て閉めてしまう。

——私じゃ駄目なのに！　どうして分かってくれないの？

最後のチャンスが目の前にあるのに、誰も春鈴の言葉に耳を貸そうとしない。

狼狽える春鈴から女官長がそっと離れ、気付かれないよう部屋を出て行った。

＊＊＊＊

春鈴の発言は、予想外の事態に発展した。それも、最悪な方向に。

すぐさま女官長が皇太后に連絡し、春鈴はその日のうちに宮殿の最深部にある皇太后の居室に呼ばれたのである。

――失敗した……。

美音がなかなか現れないので焦ったとはいえ、流石に強引すぎたと後悔するももう遅い。

「失礼致します……！」

部屋に入った春鈴は、椅子に座る皇太后の姿を見て息をのむ。彼女と直接会うのは、嫁いだ日に式典で言祝がれた時以来だ。

しかも式典では御簾越しだったので、顔は全く分からなかった。今は居室という事もあって、御簾はない。

――部長？　まさか部長まで、夢帰りしてたの？

なんと皇太后は、加奈の上司だった笹野《ささの》そっくりだったのである。笹野は社内で初めて、シングルマザーとして管理職になった女性で、今後も更なる昇進を囁かれている有能な社員だ。社内のパワハラ・セクハラ問題を積極的に会議にかけたり、父親の育休を必須にするなど改革の第一人者として知られていた。

若い社員は男女問わず、何かしら笹野の世話になっているというのも過言ではない。実際、加奈もその一人で、婚約が決まった後は色々と相談に乗ってもらっていた。

――そうだ！　思い出した……。

あの夜、加奈は浮気の噂のあった延利と話し合いをした。少し前から式場の打ち合わせをすっぽかしたり、新婚旅行のプランを話しても上の空だったりした。

不審な点ばかりではあったが、まだ彼を信じたいという気持ちがあり、噂を嘘だと言ってもらいたい一心で彼を問い詰めた。

最初はとぼけていた延利だったが、次第に「欺されただけ」などと自分勝手な言い訳を並べ始めた。呆れた加奈が延利を責め『笹野部長に相談する』と告げたところ、流石にマズイと思ったのか、いくらか低姿勢になり、急にビールを勧めてきたのである。

元々加奈はお酒に強く、一度も酔ったことがないのが自慢でもあった。それが油断に繋がったのは否めない。

小さなコップ一杯のビールを飲み干した途端に延利の態度が豹変し、逆ギレのような形で浮気を認めた。

――私が笹野部長と仲がいいことは、みんな知ってる。もし浮気の事が部長の耳に入れば、社内評価が下がるって分かってたはずよ。

実際に加奈は、翌日笹野に相談するつもりでいたのだ。延利もそうなることは、想定内だったろう。

恐らく延利は笹野に知られることを恐れ、駅の階段で春鈴を突き落としたに違いない。

「女官長から、そなたが乱心したと聞きました」

声をかけられ、春鈴は我に返った。

彼女も夢帰りなのか探ろうとしたが、凛とした眼差しを向けられ、それどころではなくなる。

「折角寵姫制度を廃止したというのに、妃候補を増やすのはどういうことか。貴女の発言の意図を、説明しなさい」

矛盾の指摘に、春鈴は慌てる。

ここで答えを間違って皇太后に不信感を持たれれば、一気に死亡フラグだ。

「いえ、あの。私は妃にも寵姫にもなるつもりはありません。青藍の未来のためには、私がここにいてはいけないんです」

「ですから、何故そのような事を言うのです」

しかし曖昧な説明で皇太后が納得するはずもなく、彼女の眉間に皺が寄る。

このままではマズイと判断した春鈴は平伏し、人払いを申し出た。ただならない春鈴の様子から、皇太后は女官と侍女達に視線で部屋を出るよう促す。

扉が閉まったことを確認して、春鈴は意を決して口を開く。

「皇太后様、私は夢帰りなんです。そして夢の世界で、鵬国と霧国の行く末を描いた物語を読みました。物語では、青藍と美音が結ばれるのです」

「しかし、だからといってそなたが妃の座を譲る必要はなかろうに。物語で決められていても、その美音とやらはどのような者か私は知らぬ。青藍もお前の話しかせぬし……」

「物語の『春鈴』は恐ろしい悪女なんです。青藍と婚礼を挙げてすぐに、青藍を殺そうとします――」

その言葉に皇太后も流石に驚いたのか目を見開いたが、春鈴を咎めはせず「それで？」と話を続けるように命じた。

春鈴はできるだけ冷静に、憶えている限りの内容を伝えた。青藍の命は助かるが、国を追われること。そして春鈴は、残された皇太后を殺めるだけでなく霧国と鵬国が争うように仕向け、多くの民が死ぬことなどを包み隠さず話した。

「私は物語の途中で悪事を暴かれ、挙兵した青藍と美音に捕まり処刑されます。最後には鵬国と霧国は一つになり平和が訪れますが……それまでの道のりで、多くの民が苦しむのです」

「その元凶が己だと申すのか？」

「はい」

悲しいけれど、これは事実だ。

「取り返しの付かない事をしてしまう前に、物語を変えなくてはいけないんです。私は青藍も誰も、傷つけたくありません！」

自身の処刑を回避するために行動していたが、今は違う。青藍は勿論、杏里やよくしてくれる女官達。できるなら、父親も破滅の未来から救いたい。

「私が正式に青藍の妻となれば、物語は悪い方向に動き出すでしょう。そうなる前に、物語の主人公である美音が青藍と結婚すれば誰も傷つかず幸せになります」

「そなたはどうなるのだ、春鈴」

問われて、春鈴は一瞬胸の奥が詰まったような痛みを感じた。

——迷ったら駄目よ。私は悪女になる可能性を少しでも取り除かなくちゃいけないんだから。

そう自分に言い聞かせ、春鈴は毅然とした面持ちで答える。

「私は悪女になって、皆を苦しめたくはありません。青藍との結婚はなかったことにしていただき、辺境へ追放してください」

皇太后も、春鈴の悪い噂は聞き知っているだろう。国を治める立場からすれば、夢帰りをしたとはいえ少しでも国を乱す可能性のある春鈴が皇后の座に就くのは不安もあるはずだ。

しかし皇太后は首を横に振る。

「なりません」

「どうしてですか！」

「憶えていますか、春鈴。貴女がまだ幼い頃、鵬国と霧国が手を取りあっていた頃はよく遊びに来ていたでしょう？　母を亡くしたばかりでも、気丈に振る舞う貴女は気高く立派な女性になると私は信じていました」

「皇太后様……」

「貴女を息子の妻にと望んだのは、私なのです。亜門殿は渋っておられて……大切な貴女を、他国に嫁がせるなど、受け入れがたかったのでしょうね」

微笑む皇太后が春鈴を手招く。

のろのろと立ち上がった春鈴は、静かに彼女の側へと歩み寄った。

深い皺の刻まれた頬に、枯れ木のような手。けれど威厳と慈愛が、彼女からは感じられた。

「春鈴、そなたには昔の面影があります。悪い噂は知っていますが、霧国では心が乱れていたのでしょう。それに夢帰りをしてから、随分と変わったと聞いてますよ。心を乱していた悪女のそなたは、消えたのではないですか？」

はっとして皇太后を見つめる。

「何よりそなたは、息子を守るために身を引くと言ってくれました。恐ろしい企てをする者が、全ての理由まで正直に話すとは思えません」

その時、廊下から女官達の悲鳴が聞こえた。程なく荒々しい足音が近づき、乱暴に扉が開かれる。

「母上、ご無礼をお許しください！」

「何ですか、騒々しい」

部屋に入ってきたのは、青藍だった。確かこの時間は、正殿で仕事をしているはずだ。

不機嫌を露わにする青藍に、春鈴は青ざめる。

――青藍……？　まだ何もしてないのに処刑？

思わず皇太后の背後に隠れた春鈴に、青藍がなんとも言いがたい悲しげな眼差しを向ける。

「落ち着きなさい。春鈴が怯えているではありませんか」

近づこうとする青藍を片手で制して、皇太后が窘めた。

「どうして君は俺の気持ちを信じてくれないんだ」

「え？」

「女官長から一大事だと報告を受けて、急ぎ来た。俺は下女と通じた事は一度もない！　信じてくれ！」

どうやら『春鈴が美音を皇妃に推薦した』という話が、『青藍が好いているのは美音だから推薦した』と話が曲がって伝わったらしい。

青藍からすれば、身に覚えのない不貞を理由に春鈴が悲しみの余り乱心したと思い違いをしたのだろう。

「えっと、あの……」

「母上、春鈴は俺の妻です。彼女以外に考えられない」

宣言する息子に皇太后が苦笑する。

「安心なさい、私も春鈴が相応しいと思うわ」

笑顔を見せる二人の間で、春鈴だけが暗い表情のまま俯いていた。

五章　本当の想い

「おろして、青藍。逃げたりしないから！」

「駄目だ」

皇太后との謁見は、青藍の闖入によって有耶無耶のうちに終わらされてしまった。とはいえ皇太后と青藍は何故か納得しているようで、春鈴だけが困惑したままだ。

部屋を辞する際も青藍がいきなり春鈴を横抱きにし、礼すらさせてもらえなかった。そのまま後宮とは別の方向へと歩き出した青藍を何度も止めようとしているのだけれど、聞く耳を持ってくれない。

すれ違う官吏や侍従が驚いた様子で二人を見るので、恥ずかしい事この上ない。

「ちょっと、青藍。本当にもう止めて……きゃっ」

やっと下ろされてほっとしたが、気付けば春鈴は正殿にある青藍の寝室に連れ込まれていた。

「何があったのか、正直に話してくれ。俺は君を不安にさせるようなことをしてしまったのか？」

「あ……」

寝台に並んで腰を下ろした青藍が、それまでの堂々とした物言いが嘘のように、悲愴な顔で問いかけてくる「先程も言ったが俺は春鈴が妃にと推挙した下女と通じていないし、名前も初めて聞いた。一体誰が俺とその下女が関係していると君に吹き込んだんだ？」

青藍が困惑するのも無理はない。

夢帰りで読んだ物語で、青藍と美音は既に出会っている。しかしこの世界では、出会うどころか美音と接点を持つはずの町へ繰り出すこともしていないのだ。

当然青藍からすれば、全く面識のない下女との仲を春鈴に疑われたと勘違いをしても仕方ないだろう。

「違うの、誰かから教えてもらったわけじゃないわ。青藍が美音と通じてないのも知ってる」

まずは誤解を解かねばと思い、春鈴は青藍に向き合う。

「では心変わりを疑って、乱心したわけではないんだな？」

「勘違いさせて、ごめんなさい」

「いや、君が疑っていないならそれでいいんだ。けれどどうしてそんなことを言い出したんだ？　美音という下女は、妃の部屋の仕事は任されていないと女官長は言っていたぞ」

普通に考えれば、春鈴自身も美音と面識はないはずなのだ。

「もしやその下女は、寵姫候補の手のものなのか？」

青藍が寵姫廃止に舵を切った今、春鈴の計らいに感謝し好意的になってくれた寵姫候補が殆どだ。しかし中には、まだ青藍の寵姫となることを諦めきれない者もいる。

そんな寵姫達が、春鈴の心を乱そうとして妙な噂を立てたのだろうと青藍が考えるのも無理はない。

――もう隠しきれないわ。

これ以上取り繕っても、青藍とは拗れてしまうだけだろう。それに皇太后には自分が夢帰りだという事実以外にも、自分の知る様々な秘密を話してしまった。

いずれは青藍も、知ることとなるだろう。

それならば自分の口から全て話してしまった方が、妙な誤解を生まずに済む。

「青藍、聞いてほしいことがあるの。皇太后様にもお話ししたのだけど、私は夢帰りというだけじゃないの。ずっと隠していた秘密があるの」

「どういう事だ？」

「私は……蘭春鈴は、貴方を暗殺してこの国を乗っ取ろうとする悪女なの――湖延利の言葉は嘘じゃないのよ。私、自分が助かりたい一心でずっと言い出せなかった」

自ら悪女だと告白する春鈴に、青藍が息をのむのが分かった。

「最低な女だと、蔑まれても仕方ないわ。処刑も覚悟してます。でもどうか、最後まで話を聞いて」

だが流石に皇帝となる男だけあって、落ち着いてその先を促す。

「何故そんな事を告白してくれるんだ？　言えば命に関わると、分かっているのだろう？」

「ええ、覚悟しているわ。でも今は貴方を守りたいから、知っている全てをお伝えしたいの」

そして皇太后に伝えたのと同じ内容を、もう少し詳しく青藍に説明する。

夢帰りの世界で生活していた春鈴――つまり『神原加奈』が愛読していた漫画と、この世界がそっくりである事。そして春鈴は恐ろしい悪女で、鵬国を混乱に陥れるだけでなく青藍と皇太后の命を狙い、皇太后を殺してしまうことなど。

「私……つまり蘭春鈴は、その漫画で残虐な悪女として描かれていたの。民の嘆き悲しむ様子を笑って見ているような、恐ろしい悪女よ。でも最後には、貴女に捕らえられて処刑されるわ。夢帰りをした私は殺されたくない一心で、物語を変えようと動いていたのよ」

「大体の事情は理解した。しかし、春鈴。一つ質問がある」

「何?」

何を問われても正直に答えようと、春鈴は真っ直ぐに青藍を見つめた。

「君が読んでいた『まんが』、とはなんだ？　鵬国の歴史が書かれているという事は予言の書なのか……？」

「え、そこ？」

拍子抜けしてしまったが、通じないのも無理はないと気を取り直す。

「こちらの世界だと、絵物語が近いかしら。予言とか、そんな重々しいものじゃないのは確かよ」

「成る程。ではこの世界は、春鈴が夢帰りをしていた時に読んでいた、『まんが』と同じだという事で間違いないか？」

「それが……似てはいるんだけど、所々違うのよ。多分だけど、延利の行動が関係していると思うの」

恐らく鍵は延利が『五年前』に夢帰りをした点だ。『亡国の龍姫』の知識のある彼が五年前に現れたならば、それだけで物語は変化するだろう。そして延利本人も、色々と画策していたと話していた。

「では、君の行動も物語とは違うのか？」

違うなんてレベルではないが、これを詳しく説明したところで更なる誤解を生みかねない。

何より悪女である自分は脇役なので、『蘭春鈴』に関しては詳しく描かれていないのだと説明するしかなかった。

それに物語の主人公は美音だから、ほぼ全て彼女が中心なのだ。

「君が鵬国を乱す悪女として描かれていたのは分かった。しかし今の君は違うだろう。それにどうして俺とその美音が結婚しなくてはならないんだ？」

「美音の恋人は青藍なの。物語は二人の結婚で終わるのよ……でもそれまでの間に、霧国と鵬国は戦になって多くの民が死ぬわ。でもそうなる前に、二人が結婚すれば誰も死なずに済むの」

春鈴は青藍を殺したくないし、戦争だって起こしたくない。これから起こってしまう全ての悪い事を回避するには、青藍が美音と結ばれる結末をすぐに迎えればよいのではと説明した。

「国も青藍もみんなが幸せになるには、美音と結婚するのが一番なの」

「じゃあ君はどうなる」

「私は命さえあればいいから……辺境にでも引っ込んで、静かに暮らすわ。杏里も一緒に来てくれるって言ってたし。寂しくはないわ――」

強がって微笑んでみせるけど、胸の奥が痛くなる。

「馬鹿な事を言うな！」

逞しい腕に抱き寄せられ、春鈴は戸惑う。

「君を失ったら、俺は生きていけない」

何処か縋るような物言いに、驚いて顔を上げようとするけれど抱きしめられたままなので彼の表情は窺えない。

「青藍？」

「俺は今、ひどい顔をしている。一番苦しいのは春鈴なのに……君を失いたくなくて怯えているんだ」

素直な気持ちをさらけ出す青藍に、春鈴は自分を恥じた。

「私、最初は処刑されたくなくて、運命を変えようとしてた。でも貴方や杏里達と仲良くなって、みんなを守るために身を引くのが一番いいことなんだって自分に言い聞かせていたけど……それは詭弁だわ。私本当は……とても怖いの」

「処刑されると知ってるなら、怖くて当然だよ。なあ春鈴、俺と一緒に運命を変えよう」

「できるかしら？」

「二人でなら、きっとできる」

真摯な言葉で励ます青藍に、春鈴は涙ぐむ。

「私は春鈴だけど、加奈でもあるの……そんな私でも、いいの？」

「俺は春鈴も加奈も愛している」

口にはしなかったけれど、春鈴はずっと記憶の中にある『神原加奈』を忘れられずにいた。今あるこの性格は加奈のものだが、意識は春鈴だ。最初の頃はこのちぐはぐな感覚に戸惑っていたけれど、今では『蘭春鈴』としての人格が確立している。

二重人格とまではいかないが、この不安定な自分を青藍は受け入れるとはっきり言葉にしてくれた。

「嬉しい……青藍。私、貴方を好きになっていいの？」

ずっと見ない振りをしていた想いだ。どれだけ褥で愛を囁かれても、いずれは別れるのだからと必死に拒絶していた。

春鈴の心情を見透かしたように、青藍が優しく微笑む。

「何度でも言うよ。俺が愛してるのは、君だけだ春鈴。君が妻になってくれるなら、寵姫なんて持つ気は無い。そもそも、君との結婚が正式に決まってから、寵姫制度は完全に廃止すると母上には既に伝えてある。雲嵐や俺の側近達も知っている事だ」

改めて宣言した青藍が、春鈴を強く抱きしめた。

「俺には君しかいない」

寝台に押し倒された春鈴は、両手で青藍の胸を押して拒む。

「待って、やっぱり私……」

「どうして俺を拒む？　やはり嫌いなのか？　他に好いた相手がいるのか？　俺が触れた翌朝は、君が心ここにあらずといった様子なのは知っていた……君の立場上、俺を拒めないと知っていながら欲を抑えきれなかった……最低な男だ」

辛そうに告げる青藍に罪悪感を覚えるけれど、まだ迷いがある。その迷いは肌を重ねる度に深まり、春鈴の心を悩ませていた。

しかし愛を受け入れると答えてしまった以上、隠してはおけない。

「青藍、違うの！　……このままじゃ……私は淫乱になるから……それで……」

「淫乱になるとは、どういう意味だ？」

怪訝そうに眉を顰めるのも無理はない。

春鈴は青藍に嫌われるのを覚悟して、この身に起こるかもしれない事を伝えた。

「その……私、初めての時から……感じていたでしょう？　あれはきっと私の中に残っている『悪女』が原因なの——」

悪女春鈴は、抱かれる悦びを知って、毎晩男を誘い込むようになるのだと春鈴は恥じらいながら説明する。

事実、青藍に抱かれる度に、我を忘れるほど行為に溺れてしまうようだ。

「どれだけ悪女の性質を拒んでも、この体は淫らなのよ。私、青藍以外の人に体を許したくない……でもこのままじゃいずれ……無意識に男を呼び込むかもしれないわ」

恥ずかしさの余り、両手で顔を覆う。すると顔を隠す指に、青藍が口づけた。

「俺が春鈴を満足させてやる。ようは、他の男など気にもならないくらい、愛し合えばいいだけのことだろう」

「えっ……」

素早く帯を解かれ、胸が露わになる。つんと上を向いた形の両乳首を摘まれ、春鈴は悲鳴を上げた。

「きゃあっ」

「敏感になったな」

「それは、あなたのせいよ……ッん」

褥での青藍は、春鈴が咎めてもしつこく愛撫を繰り返す。焦らすように撫で回されたかと思えば、敏感な乳首や花芯を指ではじいたり舌で舐めたりして強い刺激を与えてくるのだ。

もうこの体の全ては青藍に愛され尽くしていて、彼の指と唇が触れていない箇所などない。

「やっと君が受け入れてくれたんだ。今夜はたっぷりと愛するから覚悟してくれ」

「いつも、してるじゃないっ……あぁ」

着物を脱がされ、脚の間に青藍が身を置く。無防備な姿を見つめられると、視線で犯されているような背徳的な感覚に陥る。

「君が愛の言葉に応えてくれたのは、今夜が初めてなんだよ……ずっと、この日を待っていた」

両手でゆっくりと胸を揉みしだかれる。その間も指先で乳首を擦り、丁寧な愛撫が施される。

けれどこれまで青藍の愛撫を散々に受け入れた春鈴の体は、胸への刺激だけでは到底物足りない。もじもじと腰をくねらせ、無意識に秘所への愛撫をねだってしまう。

そんな春鈴に青藍は触れるだけの口づけをして、片手を望む場所へと下ろしていく。

「濡れているね」

「ごめんなさい、私……やっぱり淫らなんだわ」

「違うよ。春鈴の体を変えたのは、この俺だ。それに愛し合っているのだから、こうして受け入れる準備が整うのは、当然なんだよ」

優しく説明してくれる青藍に、取り乱しそうになった春鈴も落ち着きを取り戻す。

「私、乱れてもいいの？　嫌いにならない？」

「愛する君の痴態を見れるのは、俺の特権だ。嫌いになんて、なるはずがない。その、ひどい言い方かもしれないが、春鈴が俺の手で乱れる姿は興奮する」

あけすけな物言いにぽかんとするけれど、逆に飾らない本心が聞けてほっとしている自分がいる。そしてこうもきっぱり言い切られてしまうと、『そうなのかな』と納得してしまう。

「あっ、青藍……」

蜜口を撫でていた指が、中へと入ってくる。腹側を探るように押しながら進む節くれだった指が、敏感な一点を掠めた。

ひっと声にならない悲鳴を上げて仰け反ると、青藍の指がそこをしつこく撫で始める。

「っ……まって、あぅ……」

「どう?」

「……ん、きもち……いい」

耳朶を甘噛みされ、春鈴はぼうっとしたまま深く考えず答えてしまう。

「ここだけでいい? それとも、もっと奥を愛しても大丈夫?」

「奥まで、来て……青藍……あんっ」

指が抜かれ、肉芽を強く擦ってから離れる。じんと蜜壺の周囲が疼き、春鈴は涙目で青藍を見上げた。

「意地悪、しないで」

「ああ、しないよ。すぐに春鈴姉様を愛してあげる」

時折青藍は、こうしてからかうような物言いをする。甘えるように頬を擦り合わせ、春鈴の頬に口づけながら淫らな行為を進めるのだ。

「俺だけの春鈴……姉様と慕っていたときから、ずっと君を妻にすると決めていた」

「青藍」

脚を広げられ、濡れた蜜壺の入り口に雄の先端が触れる。

それは逞しくそそり立ち、春鈴の中に入るのを待ち望んでいると分かってしまう。

月明かりでも、裏筋に血管が浮かび先端からは子作りのための精が溢れ出しているのが見えた。

恥ずかしいのに視線を逸らすことができない。青藍はそんな春鈴に見せつけるようにして、自身を股に擦り付ける。

「今夜は春鈴が泣いても、奥の奥まで入れるから。覚悟して」

「そんな……んっく」

硬い先端が膣肉を押し広げて入ってくる。大分慣れたとはいえ、やはり最初は苦しい。

——いつもより、大きい？

気のせいではないだろう。

張り詰めた青藍のそれは、太さだけでなく硬さも明らかに違っていた。

——私が受け入れるって言ったから？　それだけで、こんなにも変わるの……っ？

ゆっくりと突き進む雄が、最奥に到達する。けれど青藍は、動きを止めない。

子宮口に亀頭が密着し、更に奥まで押し上げてくる。

春鈴は初めて感じる強い快感に、ぽろぽろと涙を零す。

「なに、これ……こんなの、知らない……」

「大丈夫。深呼吸して、春鈴」

宥めるように頭を撫でられ、春鈴はこくこくと頷く。きっと青藍の言うとおりにしていれば間違いはない。

「っは、ぁ……あ……ふ……」

ゆっくりと、体が落ち着きを取り戻す。すると今度は、じんわりとした快感が腹の奥から広がり始めた。

「んっぁ。ぁ」

勝手に膣が雄を締め付け、腰が揺れてしまう。肉襞からは絶え間なく蜜が滲んで、青藍の自身に絡みついた。

「動くよ、春鈴」

「あっ……ああっ……」

ぐい、と先端が抉るように突き上げた。その僅かな動きだけで、春鈴は軽く達してしまう。

びりびりとした快感の波に動けずにいると、続けて青藍が角度を変えて奥を擦る。

「まって、まだいって……あんっ」

波が引くのを待たずに、立て続けに絶頂が訪れる。

そして今度は、痙攣してすぼまった蜜壺から雄が引き抜かれた。喪失感に泣きそうになるけど、カリの部分が出て行く寸前で止まり、すぐ奥へと戻された。

満遍なく内部を擦られて、蜜壺全体が快感に震える。

春鈴は為す術なく、青藍が与える甘い蹂躙を受け入れるしかなかった。

「綺麗だ、春鈴」

月明かりの下で睦み合う二人の肌には、汗の水滴が伝う。春鈴の白い肌は、桃の花のように紅潮しそれを青藍がうっとりと見つめていた。

「あ、私……こんな……恥ずかしいわ……」

「素敵だよ。もっと乱れて」

弱い部分を捏ねながら、青藍が片手で肉芽を擦る。

「やんっ」

きゅうっと蜜壺がすぼまり、まるで精をねだるみたいにうごめき出す。

「同時に責められるのが好きみたいだね。胸も愛したら、どうなるかな?」

「ばかなこと、言わないで……あんっ」

舌先で乳首を転がされ、春鈴は何度目か分からない絶頂を迎えた。その間も膣は不規則な痙攣を繰り返し、雄を食い締めている。

これだけ締め付けているにもかかわらず、青藍はまだ射精していない。

「っん、ふ……あ……青藍……お願い……」

しかし春鈴の痴態に我慢も限界に近いのか、腹の奥で雄が脈打つのが分かる。

「あなたも、私で……感じて……」

両手と両脚を青藍の体に絡め、深く密着する。

「っ……春鈴……」

「きて……あ、ああっ」

腰を掴まれ、固定された状態で深い場所に射精された。

「……せいらん……あいしてる」

「俺も愛してるよ。春鈴」

互いに乱れた呼吸で、愛を告げる。

視線を合わせ、もう二度と離れないと誓うように唇を重ねた。


深夜になって、やっと青藍は春鈴の中から自身を抜いてくれた。

——本当に、宣言したとおりにするなんて……思ってなかったわ。あんなの……どこで憶えてきたのよ。

思い出すと、頬が火照る。

春鈴は青藍の手で何度もイかされ、奥に精を放たれた。甘く焦れったいような絶頂から、意識が飛びそうになる深イキまで。様々な悦びを体に刻まれた。

過ぎる快楽にすすり泣く春鈴を宥めながらも、青藍の雄は全く衰えず、射精された回数はもう憶えていない。

疲れはあるけれど、不思議と心は充実していて春鈴は青藍の腕の中で微睡んでいた。

「愛してる、春鈴……」

囁きかける声に、ふと違和感を覚えて視線を上げる。

「どうか離れないでほしい」

「青藍？　思うことがあるなら話して」

しばしの沈黙の後、青藍が重い口を開いた。

「父が亡くなってから、内政は乱れて母にも負担をかけた。春鈴が嫁いで来てくれると知って、本当に嬉しかった」

今でこそ鵬国は大分落ち着いているが、青藍の父が急逝したことで一時期は内乱が起こるのではと危惧されたのは知っている。皇帝の重圧や彼なりに悩みながら、政を取り仕切っていた青藍の孤独はどれほどのものだっただろうか。

表向きは皇太后が矢面に立ってはいたが、世継ぎである青藍も苦労したに違いない。

「君の事も……悪女だと噂があったけれど、どうしても信じられなかった。それに今の君は悪女じゃないと確信している。俺は民と君のために、この国を良くしていきたい。そして、隣で君に笑っていてほしいんだ」

「でも私は幼い頃に、乱暴を働いたのでしょう？　それなのに、どうして……」

青藍の腕には春鈴がつけた刀傷がある。こんな乱暴をした女を妻に迎えるという点だけは、理解に苦しむ。

「これは俺が悪いんだ。剣の稽古をつけてほしいと頼んだのは俺で、春鈴は最初は嫌がったんだよ。余りに力の差があるから、断ったんだ」

「そうだったの？　夢帰りのせいで、昔の記憶は朧気だから憶えてないわ」

「気休めで言っているわけじゃない。本当に君は悪くないんだ。母上や、その場にいた兵士も証言してくれるよ。力の差があるのに俺がどうしてもと頼みこんで、結局このざまさ。春鈴は俺の未熟さを冷静に指摘して、叱ってくれた」

両親も春鈴ではなく、無謀な稽古を強行した青藍を叱りつけたのだと言う。

「霧国へ戻ってから、君は剣も弓も一切触れなくなったと伝え聞いた。次に会ったときには謝罪しようと思っていたのだけれど、程なく父が狩りで事故に遭い……霧国との関係も悪くなってしまった」

交流は必要最低限で、両国を行き来するのは中立の誓いを立てた貿易商だけ。彼らはあくまでも貿易が目的なので、たとえ皇族でも手紙すら託せなかった。

それでも春鈴の様子が知りたくて、霧国の宮殿に出入りする商人に様子を探ってもらっていたのだと青藍が話す。

出入りは厳重に管理されるから些細な噂話しか分からなかったけれど、賄賂を渡した女官達から『春鈴は青藍を傷つけたことを悔いて泣いている』と知らされたのだ。

「いかに俺が未熟であるか、思い知った。だからこの未熟の証を糧に、俺は必ず立派な皇帝になろうと決めたんだ。そして君を絶対に娶るとね」

青藍が春鈴を抱き上げ、膝に乗せる。生まれたままの姿で向き合うと、青藍が真剣な表情で問いかけた。

「春鈴、俺の妻になってくれるか?」

「はい。私でよければ」

もう迷いはない。

素直な気持ちを伝えると、青藍が破顔する。

「でも私の前では、無理はしないで。皇帝ではなく、ただの青藍として振る舞ってほしいの」

「分かった」

触れ合わせるだけの口づけを交わし、春鈴は青藍の頭に腕を回して優しく包み込む。守られるだけではなく、自分もこの人を支えたい。

この国と愛する青藍のために生きようと、春鈴は決意した。

＊＊＊＊＊

翌日、青藍は春鈴を後宮へ送り届けた後、迎えに来た雲嵐に急かされて政務のために正殿へ戻っていった。漸く私室で一息ついたのもつかの間、見計らったように女官長が春鈴の許を訪ねてくる。

「皇太后様から伺いましたよ。夢帰りなら先に仰ってください。突然下女を妃に推挙するなどと妙なことを仰ったので、乱心されたのかとみな心配してたんですよ」

「心配かけて、ごめんなさい」

呆れた様子の女官長に、春鈴は素直に謝る。冷静に考えれば、乱心したと思われても仕方ない。

「後で朱華様にも正直にお話ください。ことのほか気にされておりましたから」

「分かったわ」

「ともかく、落ち着かれたようで安心いたしました。ああ、杏里が問題の下女の事でお伝えしたいことがあるそうです……何をなさるおつもりか存じませんが、あまり一人で思い詰めないでくださいね」

「ありがとう」

出会ったときは敵愾心を露わにしていた女官長から、こんな気遣う言葉をもらえる日が来るなんて思ってもいなかった。

一礼して女官長が部屋を出て行くと、入れ替わりで杏里が小走りに入ってくる。

「美音の事ですが、将来を誓った殿方がいるようです。雲嵐の配下の者が調べてくれました」

「雲嵐が関わってるの？」

「真面目すぎる方ですけど、良い人ですよ。美音探しにも協力してくださいましたし」

いつの間にか、杏里は雲嵐と仲良くなっていたようだ。漫画ではそんな描写はなかったので、これも変化の一つだろう。

――仲違いより、仲良くなってくれた方がいいし。これは問題無いわよね。

特に杏里は、春鈴の侍女だったせいで様々な苦労をする。最後に美音側に寝返りはしたが、周囲からは冷たい目で見られていた彼女が幸せになれるとはとても思えない。

だが雲嵐という後ろ盾があるなら、もしこの先春鈴に問題が生じても鵬国で生きていけるはずだ。

――後宮の人達はなんとかなりそうだし、後は美音ね。

どういう結果になるにしろ、自分は美音と話をしなくてはならない。

春鈴は内密に美音を部屋へ呼ぶように、杏里に指示した。


そして数時間後、ずっと探していた憐美音が春鈴の部屋を訪れる。

「失礼致します。燐美音です」

部屋に入るなり床に跪き動かなくなった美音に、春鈴は顔を上げるよう声をかけた。

「はじめまして、蘭春鈴よ。ここは私の部屋だから、畏まらないで。女官や侍女達にも、そういう礼はしないようにお願いしてるから貴女も顔を上げて頂戴」

「そんなご無礼はできません」

「本当に気にしないで。私が困っちゃうって言っても駄目？」

「……分かりました」

「ほら、こっちに来て座って。お茶とお菓子を用意したのよ」

色とりどりの砂糖菓子や香りの良いお茶の載る卓の前に座らせると、年相応の少女らしく美音が目を輝かせる。

「どうぞ、食べて。口に合えばいいのだけれど」

「よろしいのですか！」

ぱあっと笑顔になる美音に、春鈴もつられて微笑んだ。幼い面立ちの彼女は、守ってあげたくなる雰囲気の持ち主だ。

――こんな華奢なのに、弓の達人なのよね。そのギャップに、青藍は惹かれるんだったわ……。

歳は春鈴の一つ下のはずだけれど、小柄で童顔だからかもっと幼く見える。

美音は手前にあった桃色の饅頭を手に取ると、大きく口を開けてかぶりつく。作法云々は置いておいて、その食べっぷりは見ていて気持ちがいい。

「美味しいです春鈴様！　私、こんなに美味しいものを食べたのは、初めてです！」

素直な感想に、笑みが深くなる。

——やっぱり主人公ね。滅茶苦茶可愛い！

小動物のような愛らしさで、読者投票では常に一位を獲得していた。

北方の下級貴族の出で、黒髪に茶色の瞳。小柄だが、乗馬と弓の腕前は雲嵐を唸らせるほどなのだ。

設定では美音の先祖は竜だとされており、傷を癒やす特別な力を持っている。

しかし今の美音は、とても特殊な能力を持っているようには見えない。

ともかく、まずは噂の確認だ。美音が幾つかお菓子を食べ終えたところで、春鈴が切り出す。

「好きな人がいるって聞いたけど。本当？」

「はい。仰る通りでございます」

「それって、青藍じゃ……」

「違います。誓って申し上げますが、私は青藍様にお目にかかったことすら一度もございません」

慌てる美音の様子からして、嘘を言っているようには思えない。

「じゃあ、お相手が誰か教えてもらえるかしら？　悪いようにはしないわ」

美音も春鈴が後宮にいる女性達の希望を優先して、出た後の身の振り方を取り計らってくれていると知っているからか、素直に答えてくれる。

「皇宮に出入りを許可された商人です」

その青年とは、故郷で出会ったのだと美音が続ける。互いに惹かれ合い、密かに将来を誓い合った。しかし地方とは言え、美音は貴族で相手は商人。身分違いの恋が認められるはずもなく、二人は駆け落ちを計画した。

だが決行直前、両親が皇都からの役人の命令を受け、美音を後宮に送った事により離ればなれとなってしまう。

「二度と会えないと諦めていたのですが、幸いにも少し前に、後宮の食料庫で偶然の再会を果たしたのです」

「そうだったの！　よかったじゃない。これで結婚できるわね」

喜ぶ春鈴とは反対に、美音の表情は暗い。

「ですが、会えたのは一度きりで彼からの連絡は途絶えているんです。それに二人で後宮を出て故郷へ戻っても、両親は彼との結婚は許してくれないでしょう。私は道具として、他の貴族に嫁がされるだけです」

「そんな事は、私がさせない！」

「えっ？」

思わず立ち上がって卓を叩いた春鈴を、美音がぽかんとして見上げる。

「後宮に上がるのも、親が勝手に決めた事なんでしょ？　ここには美音みたいに、好きな人がいるのに連れてこられた姫が大勢いるの。でも私は愛し合ってる恋人同士を引き裂くなんて、絶対に許さないから安心して」

「春鈴様は良い方です。信じてください」

側に居た杏里も、勇気づけるように美音の肩を叩く。

とりあえず美音は、当分の間は春鈴の側仕えになり、後宮に残ることとなった。

＊＊＊＊

「浮かない顔だね。春鈴」

「胸騒ぎがするの」

ぼんやりと庭を見つめる春鈴の手を青藍がそっと握り、庭木に隠れるように建てられた東屋へと歩き出す。

庭はどの季節でも花を楽しめるように様々な種類の草花が植えられていて、見飽きることはない。けれど美しい花々を前にしても、春鈴の心はざわめいたままだ。

東屋に入り椅子に腰を下ろすと、周囲は常緑樹の低木に覆われ完全に二人きりの空間となる。

「父上の事かい？」

尋ねられて、春鈴は素直に頷く。延利が言っていたように、霧国にはまだ多くの彼の部下が入り込んでいるらしいのだ。そのせいか、やっと復活した国交も今は途絶えがちになってしまい、春鈴が手紙をしたためても亜門からの返事が全くない。

「改めて話し合いの場を設けることになっている。戦にはならないよ」

「そうだといいのだけれど」

やはり青藍と美音の結婚がたち消えたことで、話は鵬国に関する事だけでなく霧国も巻き込んで大幅に変わっていた。

春鈴の輿入れで二国間の交流は正常化の方向に舵を切ったはずだが、この数週間は霧国と連絡が取れなくなっているらしい。

「商人の行き来はあるのだから、完全に閉ざされたわけではないし。大丈夫だよ」

「そうよね……」

考え込んでいても、解決するわけではないと分かっている。

「ありがとう、青藍」

こんな時、寄り添ってくれる彼の存在を心強く感じる。

何が起こってもおかしくないが、きっと青藍となら乗り越えていける気がするのだ。

「ところで、春鈴」

「なに？　ちょっと。あっ、青藍……」

頬に手が添えられ、青藍の顔が近づく。拒む間もなく唇を重ねられ、春鈴は青藍の胸を叩く。

「っん、こんな所で……だめよ」

「誰も見ていないさ」

激しく求め合ったあの夜から、十日が過ぎていた。

やっとお互いの気持ちが分かったというのに、霧国との問題が持ち上がり青藍は再び政務に忙殺されていた。

今日は雲嵐の計らいで、午後からは後宮に戻ってくることができたのである。

春鈴としては青藍に休んでほしかったのだけれど、どうやら彼はそのつもりはないらしい。

「君が欲しい、春鈴」

「もう……だったら部屋に戻りましょう」

「折角だから、ここでしてみないか？」

「何が折角なのよ！　……きゃあっ」

着物の裾をたくし上げられ、白い脚が露わになる。まだ日は高く、壁のない東屋は明るい日の光で満ちていた。

「君の美しさに、花々が恥じ入って萎れると噂で聞いた。試してみないか？」

「そういう冗談は止めてよ！」

「すまない。でも明るい光の中で、春鈴を抱きたいんだ。美しい君の隅々まで堪能させてくれないか？」

抱きしめられ優しい声でねだられると、春鈴は抗えない。それに自分も、青藍の与えてくれる快感を求めている。

「青藍っ……あ」

せめて自室に戻ろうと腰を浮かせた春鈴の体を、青藍が後ろから抱きかかえた。

バランスを崩した春鈴は、体を支えようとして東屋の中央に置かれた机に手をつく。腰から下が曝され、太股を青藍の掌が撫で上げた。

「やっ、あんっ」

背後から覆い被さってくる青藍の体が、春鈴のささやかな抵抗を押さえ込む。

――こんなの、止めさせなくちゃ。

いくら人払いをしていても、外でするなんて考えられない。

けれど体は春鈴の心に反して、別の反応をしてしまう。

「待って、だめ……あぁっ」

着衣のまま前だけをはだけた青藍が、屹立した雄を秘所に突き入れたのだ。春鈴の秘所はまるで期待していたように濡れそぼっていて、易々と性器を飲み込む。

お腹の奥を押し上げられるような感覚に、春鈴は仰け反った。いつもは向き合って抱かれているので、背後から、それも立ったままなんて初めての経験だ。

「っく……ふ……」

「苦しい？」

初めての感覚に戸惑うけれど、決して苦しいわけではないから首を横に振る。

「あ、ぁ……こんなの、だめよ……」

「悦いんだね」

「あっ、ンッ」

的確に感じる場所を突かれ、声を抑えられない。

青藍が片腕で春鈴の腰を抱き、空いた手で胸をまさぐる。逞しい雄に突き上げられる度、春鈴の体は浮いてしまう。

深く繋がっているのだと実感させられ、春鈴は淫らな悦びに震えた。

——青藍はこんな獣みたいな人じゃなかったはずなのに……。

変わっているのは、話の展開だけではないのかもしれない。

「愛してる。俺の春鈴」

激しく求めてくる青藍に、春鈴はただ翻弄されるしかなかった。

六章　決着

その来客は、全く予想もしない人物だった。

本来、後宮に男性の立ち入りは厳しく禁じられている。例外は雲嵐と、彼が許可を出した信頼できる護衛の者だけだ。

しかし皇宮内では見かけない民族衣装を纏ったその青年は、堂々と春鈴の部屋を訪ねて来たのである。

「失礼致します、春鈴様」

「あなたは？」

「辺境を巡る商人でございます。後宮へ出入りする許可は得ております。と言っても信じていただけないでしょうが……」

跪いた青年が腰に下げた革製の鞄から、一通の手紙を出して春鈴に差し出す。

「もしかしてお父様の使者？」

問いには答えず、青年はにこりと笑う。悪い人には見えなかったので、春鈴は素直に手紙を受け取った。

「これって……どういう事なの？」

手紙を読んだ春鈴は、思わず呟く。

書かれていた内容は、予想していた中でも最悪のものだった。

なかなか皇太子暗殺に動き出さない春鈴に痺れを切らした亜門は、戦争を起こして鵬国を滅ぼすつもりでいると書かれていたのである。

折角物語が平和な方向に動き出したのに、これでは意味がない。

それどころか、本来の話よりももっと悲惨な流れになるのは目に見えている。

「二国間で争いは起きるけど、それは私が死んだ後なのに……ただでさえ霧国は、お父様の命で軍事力に力を入れているから、このままじゃ鵬国は滅ぼされてしまう……どうしよう……どうしたらいいの……」

せめて自分の処刑後であれば、危機を感じた鵬国側も軍備を整えて霧国を迎え撃つことができる。何より主人公の美音が『龍姫』の力を覚醒させて、鵬国を守るのだ。

しかし先日美音に聞いたところ、彼女の先祖はごく普通の地方貴族で特別な力も何もないと言っていた。

――青藍に知らせないと。それとお父様に戦争を止めるように、説得の手紙も書かなくちゃ。

「失礼します、春鈴様」

「美音」

入ってきた侍女の名を呼ぶと、物陰に隠れていた青年が慌てた様子で出てくる。

「宇航《うこう》！　本当に、宇航なの？」

「美音じゃないか。どうして、春鈴様の許にいるんだ？」

二人は互いに驚いた様子で見つめ合っている。

「この人が、結婚を約束した宇航なのね？　美音」

「はい……」

「じゃあ、よかったじゃない」

後宮に出入りできる商人でも、使用人同士の逢瀬は難しい。特に今は、後宮解体の件で慌ただしいので、約束を取り付けるなどまず無理だ。

結果的に二人が再会できたことは喜ぶべきだか、春鈴としては宇航の立場が気にかかる。

宇航も春鈴から怪訝そうに見られていると気付いたようで、その場に平伏した。

「驚かせて申し訳ございません、春鈴様。僕は商人と偽って、後宮に出入りするよう亞門様から命じられておりました」

「……お父様のやりそうな事ね」

春鈴が鵬国へ嫁ぐ前から、亞門は自国だけでなく周辺の国々に手のもの——つまりスパイを送り込んでいるのは知っていた。

その一人が、宇航だったというわけだ。美音の故郷である北の辺境地域にいたのも、亞門の命令だからだろう。

「僕の一族は、蘭家に仕えており亞門様にはことのほか良くしていただきました。ですが……僕はその恩を裏切ってしまったのです」

宇航の言葉に驚いたが、その表情は苦しげだ。春鈴は続けるように促す。

「なにか事情があるようね。話してくれますか？」

「ありがとうございます。実は今お渡しした手紙は、亞門様からのものではないのです。偽りを申し上げたこと、謝罪いたします」

改めて手紙を見ると、確かに筆跡が違う。内容にばかり気が行っていたので、気が付かなかった。

「どうしてこんな真似をしたの？　それと、この手紙を偽造したのは誰？」

「全ての真実をお伝えいたします。その前に不敬と承知しておりますが、陛下をお呼びいただけないでしょうか」

動揺しながらも春鈴は女官長を呼び、緊急事態だからと説明した上で、青藍に後宮へ大至急来てもらうように伝える。

程なく青藍が正装のまま、春鈴達が集っている部屋に入って来る。男性である宇航がどうして春鈴の私室にいるのか怪訝そうに眉を顰める。

「あの者は？」

「彼自身から説明をさせます。まずはこれを読んで」

春鈴は持っていた手紙を青藍に差し出す。青藍は手紙に目を通すと、すぐに状況を察してくれた。更には春鈴が見抜けなかった筆跡に関しての嘘までも言い当ててしまう。

「紙は上級貴族の使うものだが、筆遣いが荒いし悪い癖がある。正しい指導を受けていない者が亜門殿を騙って書いたようだな」

「そんな事まで分かるの！」

「偽の陳情書は、読み慣れているからね。よくある事なんだよ」

苦笑しつつ、青藍が用意された椅子に腰を下ろした。

春鈴と青藍、杏里。そして美音と宇航の五人だけにしてもらい、暫くは部屋に誰も近づけないよう女官に指示する。

廊下からも人の気配が消えたのを確認したところで、宇航が告白を始めた。

「僕の一族は、長年は蘭家にお仕えする身でした」

霧国内の貴族の家に使用人として入り、内情を探るのは勿論のこと。辺境を回って情報を得たり、国交を絶っていた鵬国の情勢をも調べていたと聞き春鈴は驚く。

「お父様ってば、そんな事をしていたのね」

「亜門殿は多くの情報を得ていると俺も聞いている。こういうからくりがあったとはな」

「霧国の繁栄も、僕を含めた幾つかの一族の働きがあるからこそだと、亜門様には大切にしていただきました」

「では何故、偽の手紙を春鈴に渡したのだ？」

青藍に問われて、宇航が唇を噛む。

「私欲に囚われてしまったのです。鵬国の北方領地の偵察をしていた時に、僕は美音様と出会い一目で恋に落ちました。ですが身分が違いすぎて、結婚を認めてもらえなかったんです」

駆け落ちしようとした矢先、美音は後宮に送られたと知った宇航は、亞門に春鈴への手紙を渡す使者にしてもらうよう頼み込んだ。

それをどこからか聞き知った延利が、『仕事を手伝えば、その女と結婚できるよう取り計らってやる』と交渉してきたのだと続ける。

見知らぬ男からの取引に、当然宇航は疑いを持った。だが延利は亞門が戦争を起こそうとしていることや、春鈴はこのままでは国を滅ぼす大罪人になるなど、自身が夢帰りである事を明かして、未来を告げたのだという。

「――国が乱れる前に、恋人を連れて逃げればいいと延利様は仰いました。それまでは亞門様に仕える振りをしつつ、動向を探れと命じられて……僕は恋人との結婚が諦めきれず、甘言に従ってしまったんです」

春鈴に手紙を渡す係になれば、美音とも会えるはずと信じていたが肝心の彼女はなかなか現れない。

焦っている間に、宇航はほぼ延利の手先のような仕事ばかりをするようになっていたのだ。

「延利様は獄中から親族を通じて、この手紙を春鈴様に渡すよう命じられました。内容は存じておりませんでしたが、春鈴様のご様子から告白すべきと思ったのです」

「どうしてこんな馬鹿なまねをしたの宇航……」

青ざめて卒倒しそうな美音に、宇航も項垂れる。

「敬愛する亞門様と、ご息女を裏切ったこと。僕の命で償います。美音は何も知りません。どうか彼女は、助けてください」

最初から春鈴は宇航を罰するつもりなどなかったし、理由を聞けば益々彼に咎がないのは明白だ。

「気にしないで。貴方も延利に欺されていただけでしょう？　あの人は夢の記憶を利用して、悪事を働いていたの。全て正直に話してくれたのだから、貴方の罪は何もないわ」

「春鈴様……」

感極まったように、宇航が涙を流して頭を下げる。

これで一件落着、と思ったが春鈴からすると納得できないことがあった。

「ねえ杏里。身分の違いって、そんなに問題になるの？」

側に控えている杏里に、こっそりと聞いてみる。

「そりゃあそうですよ。せめて姓がなければ、貴族と平民が結婚するなんて許されません」

「なら宇航の身分を、貴族にすれば問題解決よね。宇航、貴女には官位と姓を授けるわ。いいわよね、青藍」

「構わないよ。じゃあ姓は、飛《ふぇい》でどうだろう？」

「いいじゃない！　飛宇航。格好いいわよ」

にっこり笑って頷く青藍に、春鈴も笑顔になる。

「春鈴様、ありがとうございます」

話を聞いていた美音と宇航が、二人して平伏した。

「お願いだから、やめて！　そういうの苦手なのよ」

どうしてもこればかりは慣れることができない。春鈴は二人の手を取って、顔を上げてもらう。

「燐美音。お前の両親には、飛宇航との結婚を許可するよう俺から書状を送ろう」

「できればこれからも、私の側仕えとして働いてくれると嬉しいのだけど」

「勿論です！　春鈴様」

「宇航も俺に使えるといい。そうすれば、文句など言われないだろうからな」

「ありがとうございます！」

まだ幼さの残る二人が抱き合って喜ぶ姿は微笑ましいものがある。

「だが……気がかりなことがある」

「どうしたの？　青藍」

「霧国の方で動きがあったようだ。数日中に使者が来ると思うが……そうだ宇航、頼みがある」

「何なりとお申し付けください」

「では早速、正殿に行こう」

言うと青藍は宇航を伴って、正殿へと戻っていく。

何やら不穏な空気を感じたが、春鈴にはどうすることもできない。

「陛下に任せておけば大丈夫ですよ」

「ええ……」

春鈴は廊下に出ると、青藍の姿が見えなくなるまでその背中を見つめていた。


「——あの、春鈴様」

「どうしたの、美音?」

ぼんやりしていた春鈴の背に、美音が声をかけてくる。

恐る恐るといった様子が丸わかりで、春鈴は心の中で涙を流す。

——美音も女子キャラの中だと、一番の推しなのよね。凜々しく戦う美音が人気だったけど、番外で出たミニキャラが滅茶苦茶可愛いのよ。そんな可愛い美音を怯えさせるなんて、絶対にしたくないわ。

あのミニキャラの美音を思い出して、春鈴はついにやけてしまう。

「春鈴様、ご無礼をして申し訳ありません!」

美音だけでなく杏里も青ざめているので、相当恐ろしい表情になっていたのだろう。

――ちょっと思い出し笑いしただけなのに怯えられるって……自分だけど『春鈴』に引くわ。

とりあえずこの場をなんとかしなくてはと、春鈴は可能な限り優しく問いかけた。

「え？　あ、そんなに畏まらないでいいのよ。それより何か話があったんじゃない？」

「……宇航はこれから、陛下にお仕えする事になるのですよね？」

「ええそうね」

答えてから、春鈴ははたと気付く。これまでの仕事ぶりからして、宇航は辺境の偵察などの仕事を任されることになるだろう。

一方、美音は自分の側仕えだ。

となれば、二人は離ればなれに暮らす事になってしまう。

「宇航は辺境の地理に詳しいし、人脈もあるはずよね。官吏になる可能性はかなり低いわ」

「それでお願いがあるのですが。私も宇航について行きたいのです」

「ああ、それなら――」

「え！　困ります！」

春鈴の言葉を遮って、悲鳴に近い声を張り上げたのは杏里だった。

ぎょっとして彼女を見ると、本気で涙目になった杏里が春鈴に詰め寄る。

「美音て、ものすごく趣味がいいんですよ！　というか、春鈴様に似合うお着物や簪、宝石なんかを選ぶのが女官長より上手なんです。今着ているお着物も、全部美音が揃えてくれたんですよ」

「そうなの、美音？」

問いかけると、はにかんだ様子で美音がこくりと頷く。

――ちょっと派手だなって思ってたんだけど。そっか、これが私には似合ってるのね。

「女官達の間でも、皇后様のお召し物を選ぶのは美音に任せるのが一番だって評判で。だから辺境に行っちゃったら困るんですよ！」

切実を通り越し、悲壮とも言える訴えに流石の春鈴も困惑する。

美音は春鈴の側仕えなので、主人である自分に逆らうことなど許されない。しかしこちらの都合で恋人同士を引き裂くなど、したくはなかった。

申し訳なさそうに俯き、身を竦ませている美音に近づいて、春鈴はその手を取る。さすが本編の主人公だけあって、春鈴と同等の白く細い指だ。

俯いたまま顔を上げようとしない彼女に、優しく語りかけた。

「着物を選んでくれて、ありがとう美音。私はこれからも貴女に着物や宝石を選んでほしいわ」

「……はい」

「でも貴女と宇航を引き裂くつもりはないわ。辺境への視察に同行していいわよ」

「そんな……春鈴様」

絶望したような杏里に、春鈴はすぐフォローを入れる。

「長くても半年程度にしてもらうように、青藍に頼んでみるから安心して。私としては、半年ごとに辺境と都を行き来して住んでもらえればいいと思ったんだけど。どうかしら？」

「ありがとうございます、春鈴様！」

「ただし美音も、辺境でお仕事をしてもらうわよ。珍しい食べ物があれば、その作り方を細かく記録して持ち帰ってちょうだい」

「畏まりました」

「じゃあ私からも、お願いがあるんですけど」

飛び跳ねんばかりに喜んでいる美音を横目で見ながら、杏里が訴える。

「彼女が宇航と辺境へ行ってしまう前に、春鈴様のお召し物の組み合わせを幾つか決めてほしいんです。お美しい春鈴様に似合う着物を、ここまで完璧に纏められる美音の腕前は本当に重宝してるんです」

主人の見栄えを誰より気にかけている杏里の気持ちを、無下にする気はない。それにこれからは皇后として家臣や貴族達だけでなく、他国の王族との交流にも出る事になるだろう。

これだけ杏里が信頼を置く美音のセンスを、使わない手はない。

「じゃあ、美音。杏里と一緒に宴席で身につける着物や宝石を決めておいて。細かな事は、杏里に任せるけど、それでいいわね？」

「はい」

「頑張ります！」

元気よく返事をする二人の側仕えは、とても可愛らしい。

――美音とも仲良くなれたし。本当によかった。後はお父様だけど……。

ふと、一抹の不安が胸を過るが、春鈴は振り払うように首を横に振る。

――ううん。青藍を信じよう。一緒に運命を変えるって決めたんだから、きっと乗り越えてみせるわ。

＊＊＊＊＊

霧国から正式な使者が来たのは、宇航の告白があった三日後の事だった。

春鈴の輿入れに際して両国の大臣が会議の場を設けたが、それ以来所謂重鎮と呼ばれる位の者達の行き来はない。

――今になって、どうしたのかしら。

本来なら先触れを出して特使を送る日程の調整などが行われるのだが、今回はそんな儀礼すらなく突然の訪問だったようだ。

正殿の広間には、大臣や貴族が集められており、春鈴もまた青藍の隣に置かれた椅子に座り特使を迎える。

「この度は先触れもなく、失礼を致したこと、誠に申し訳無く思っております。緊急にお伝えせねばならぬ事態を、ご理解頂ければと……」

「急な用向きであるのは分かった。気にせず話せ」

青藍がどこか不機嫌そうに使者を促す。

こういった遣り取りも、本来の礼儀とは全く外れている。普通なら霧国の皇帝からの手紙を大臣に渡し、それを読み上げる。そして数日おいて、青藍がしたためた返事を使者に渡すのだ。

実際、この礼儀を無視した遣り取りを不満に感じている貴族達からは、使者に冷たい視線が向けられている。

だが使者の男は青藍の言葉に一礼すると、とんでもない事を言い出した。

「この女、蘭春鈴は恐ろしい悪人なのです！」

広間に集った全員の視線が、春鈴へと向く。

――断罪シーンはあったけど、それは青藍と美音がするはずじゃ……。

混乱する春鈴に、使者は続けて言う。

「霧国皇帝が幼いことを利用して、宰相の蘭亞門は国を乗っ取り皇帝一族を殺すという恐ろしい計画を立てておりました。ですが心ある忠臣がその悪事を暴いたのです！」

ざわめく貴族達とは反対に、青藍は黙ったまま使者を眺めている。

それをどう解釈したのか、使者は満面の笑みで身振り手振りを交え、まるで自らの武勇伝のように亞門の計画した悪事を暴いた際の遣り取りを話した。

「皇帝の病も、亞門が毒物を飲ませたと証言が出ております。最後まで往生際悪く否定しておりましたが、証拠は全て揃っておりましたのでつきつけてやりました。現在、蘭亞門は地下牢に捕らえてあります」

——お父様が霧国皇帝に毒を飲ませるなんて……あり得ない。

使者の言葉に、春鈴は真っ青になった。

父の計画が露見するのは、春鈴が処刑された後になってからだ。それに亞門の性格設定では、あくまで裏から物事を操るタイプで決して表には出てこない。

しかし春鈴は物語の大幅な変更よりも、亞門が捕らえられたことにショックを受けていた。

「宰相殿の罪状と、刑罰は？」

「幼い皇帝を殺害し、国を我が物にしようとした罪でございます。罰は民の前で斬首を行う予定でございます」

そして使者は、春鈴を指さす。

「私はこの女を捕らえるようにと命じられて参りました。蘭春鈴、貴様は鵬国との仲を悪化させるために送り込まれた、とんでもない悪女だとみな知っているぞ！」

反論しようとしたけれど、悪意に満ちた視線を受けて言葉が出てこない。

「霧国の内情は分からないが。しかし春鈴がこちらに来てから、我が政に口出ししたことは一度もない」

落ち着いた口調で青藍が反論するけれど、使者はその言葉さえ小馬鹿にしたようにせせら笑う。

「悪女は随分と、太子を褥で骨抜きにしたようだ。しかし我々は欺されませんぞ！　集った皆様方も、春鈴の悪評は聞き及んでおりますでしょう？」

そして使者は、高らかに手を叩く。

「この女は本性を偽っているだけにございます。証拠を示しましょう――」

「お久しぶりです、陛下。春鈴様」

「延利っ」

牢に入っているはずの延利が広間に現れ、春鈴は悲鳴を上げそうになる。

恐らく彼から賄賂を受け取った貴族が、手引きしたのだろう。

「お集まりの皆様、私は湖延利と申します。夢帰りをした者です」

今度は視線が、延利に集中する。目立つ事の好きな彼は、得意げに周囲を見渡し演説を始めた。

「夢の中で、私は『亡国の龍姫』という題の書物を読んだのです。その内容は、現在の鵬国と霧国にそっくりで、皆様の名前も記されておりました」

「その書物は、どのような内容なのか？」

大臣の一人が問いかける。

「簡単に申し上げれば、両国の未来が描かれておりました。予言の書、とでも申すべきでしょうか」

一気に広間がざわつき、不穏な空気が流れた。

「霧国と鵬国は戦になり、両国は長く乱れます。そしてその原因を作るのが、ここにいる皇后春鈴。民を虐げ国を滅ぼす悪女なのです」

「違います、私は……」

「彼女も夢帰りをした者ですよ」

にやりと笑う延利に、自分が彼の計略にまんまと嵌まったと気付いたがもう遅い。

「この女はその事実を隠して、陛下に近づいたのです。私はそうなると知っておりました。しかし私は下級貴族。春鈴様との身分差を考えれば私の言葉など聞き入れてはもらえなかったでしょう。事実、数名の家臣の方々に相談いたしましたが信じてはいただけなかった」

堂々とした延利の物言いに、貴族や大臣達は春鈴に鋭い眼差しを向ける。

「ですので仕方なく、私は一族の者に『夢帰り』の事実を隠してもらい、国のために様々な画策を致しました。全てこの悪女から、国を救うための事です」

「まって、違うのよ……」

「残念なことに悪女は宴席で陛下を惑わせ、私を牢に閉じ込めた。しかしもう、お前の悪事は隠し通せないぞ春鈴。お前が皇太后様と陛下を毒殺しようとした証拠は、全て揃っている」

正妃として広間にいる春鈴の言葉を、延利は平然と遮る。不敬だと咎める声が上がってもおかしくないのに、貴族達は一様に黙り込んでいた。

一部の貴族達は未だ、春鈴に対して懐疑的なのは周知の事実でもある。その疑いを延利は上手く煽り立てているのだ。

——私が何を言っても信じてもらえない。

夢帰りであると隠してきたことが仇となってしまった。

こうなっては青藍が庇ってくれたとしても、『欺されている』と却って春鈴に反感が生まれるだけだろう。

「お待ちください」

しんと静まりかえった広間に、突如声が響いた。場に集った者達が、発言した者へ一斉に視線を向ける。

「僕は宇航と申します。霧国の蘭亞門宰相から、密命を受けていた者です」

緊張のせいか、宇航の顔色は青い。

しかし意を決した様子で両手を握りしめ、彼が一歩踏み出す。そのただならぬ気迫に気圧されたのか、貴族や官が彼を避けるように身を引いたので、自然と青藍へ続く道が作られた。

「陛下、僕の命をかけて告白いたします。僕は延利様からも、命令を受けていました」

「どういう事だ？」

あえて知らなかった風を装う青藍が、さりげなく春鈴に目配せする。何か考えあっての芝居なのだと気付いて、春鈴は頷いてみせた。

——大丈夫。青藍を信じよう。

青藍の前まで歩み出た宇航が跪くと、延利が彼に近づく。

「陛下！　このような賊の言葉など、聞いてはいけません！」

剣に手をかけ今にも斬りかかりそうな延利を、青藍の護衛をしている兵士達が押さえる。皇帝のいる広間で剣に手をかけることが、不躾な発言よりももっと重い罪になるという事を延利は知らないようだ。

「宇航と言ったな。発言を許す」

「最初は蘭亞門様から、鵬国の動向を探るよう命じられておりました。しかし数年前のある時、湖延利様が僕の許へ来て、捕まりたくなければ配下に加わるよう脅されました。逆らえば僕の命だけではなく、結婚を約束した方に危害を加えるとも……」

「黙れ宇航！　陛下、このような戯れ言に耳を貸してはいけません！　どうせこの男の作り話です！」

「宇航、続けよ」

「湖延利様は鵬国内に乱を起こさせるよう、計画を練っておられました。そしてその全てを、蘭亞門様がしたのだと噂を流すよう命じたのです」

全く正反対の証言に、貴族達はどちらの話を信じればいいのか迷っているようだ。

宇航はいったん周囲を見回してから再び口を開く。

「亜門様は、戦など望んではおりません。確かに一時期は野望を持っておられましたが、今は二国が手を取りあうことを望んでおられます。動向を探らせた理由は、蘭一族の利益を得るためのものではありましたが……一番気にかけていたのは、春鈴様が虐げられていないか、という事です」

そして背後で唖然としている霧国の使者を指さす。

「この使者も、延利様の手の者です」

「……しかし皇妃が飲んで証拠隠滅を図った毒は、亜門宰相が配下の者に持ち込ませたと聞いているぞ」

貴族の中から、そんな声が聞こえてくる。これまでも何度か浮上した噂だが、今では真偽不明の話として有耶無耶になりつつあった。

しかし延利は味方を得たとばかりに、言葉尻に乗る。

「ええ、その通りです！　毒殺は霧国ではよく使われる暗殺方法で……」

「階段から落とすのではないのか？」

「へっ」

唐突な青藍の質問に、延利が間の抜けた声を出す。

「お前と春鈴が夢帰りであり、更には同じ夢で生きていたと知っている。お前は夢の世界で春鈴の婚約者であったにもかかわらず、その財産を狙い更には思いさえも裏切り、向こうの世で春鈴を殺そうとしたのであったな？」

「いえ、あの……それは……」

まさか青藍が知っているとは思っていなかったのか、延利が青ざめた。その動揺する姿を見て、貴族達もざわめき出す。

そこへとどめとばかりに、宇航が声を張り上げ告げた。

「春鈴様に毒を渡す手配をするよう命じたのも、湖延利様です。亜門様が贈られた着物を汚したのも、延利様の指示でございます」

春鈴の服毒の事件や着物を汚された事件、延利が全て指示していた事を暴露する。

「追い詰められた春鈴様が服毒自殺を図っても、あるいは怒りにまかせて寵姫の方々や太子の暗殺を企てたとしても。どちらでも己の利益になるのだと、得意げに仰っていましたよね」

「っ……宇航！　貴様！　殺してやる！」

苦々しげに宇航を睨み付ける延利だが、兵士に押さえられ毒づくのが精一杯の様子だ。しかしその声も、口に布を噛まされて呻くばかりになってしまう。

「言う事を聞けば、恋人と結婚できるように取り計らってやると。延利様は約束してくださいました……愚かにも僕は、その甘言を信じてしまったのです」

宇航には延利が宴の席で『春鈴だけでなく、美音も手込めにするつもりでいる』と話していた事も伝えてある。

結果的に脅される形で悪事に荷担したが、罪を不問にしてくれただけでなく、美音との婚姻を取り計らってくれた春鈴の優しい計らいに心を打たれ全てを告白したと宇航は続けた。

「罰を覚悟で正直に打ち明けたお前は、勇気ある若者だ。これからは鵬国で働くことで罪を償うがよい」

「ありがとうございます、陛下」

次期皇帝らしい威厳と寛大さで宇航の罪を許した青藍に、大臣達も感銘を受けたのか深く頷いている。

「霧国にはこちらから、改めて使者を送ろう。その際に宰相の無実と、湖延利の罪の証拠を記した書簡を持たせる」

証拠なら十分すぎるほど揃っているので、亞門の罪も晴れるだろう。

ほっと胸を撫で下ろす春鈴の前に、青藍が近づいて来て手を取り立たせた。

「丁度いい機会だ。改めて皆に告げる。俺は春鈴を唯一の妻とする。寵姫は持たぬゆえ、娘達を送り込むような馬鹿げた真似は二度とするな」

わっと歓声を上げたのは、若い女性の貴族達だ。

親の政治の道具として扱われる事に反発を覚えていた彼女達は、公の場で皇帝が宣言したことで安堵したのだろう。

そして青藍は兵士に押さえ込まれて藻掻いている延利に、冷たく言い渡す。

「湖延利は、国を混乱に陥れようとした罪で死罪とする」

「待って」

「春鈴？」

青藍が眉を顰めるのも無理はない。延利は一度ならず二度までも、春鈴を害そうとした悪人だ。

「夢の世界で読んだ物語の知識を使い、国を乱そうと企んだ罪は重いと承知してます。ですが、その愚かすぎる計画は、全て失敗に終わりました。哀れな罪人には、死罪とは別の罰がよいかと思います」

表向きは寛大な処置だが、春鈴には考えがあった。

そっと青藍の袖を引っ張って、小声で耳打ちする。

「夢帰りのせいで、この世界で起こるはずの事柄は変わってしまったわ。私と延利の存在は、何かしらの影響を及ぼすのよ。これは私の予想なんだけれど、ここまで影響を与えた延利を殺してしまったら、また別の弊害が起きるんじゃないかしら？」

「成る程、一理あるな。だがどうする？」

だが延利を野放しにするわけにもいかない。恐らく周夫人のように、彼に加担する貴族は出てくるだろう。

「この者は監視をつけた上で、流罪にするのはどうでしょう？　湖延利、同じ夢帰りの者として哀れに思います。ただし次はありません」

悔しそうに睨み付けてくる延利を一瞥し、春鈴はため息を吐く。

――きっと彼は、反省しないわ……。

これで延利と、二度と関わらないだろう。


同じ夢の世界を知る者が兵士に連れられ出て行く姿を見つめていると、青藍がそっと肩を抱き寄せてくれる。

「やっと、終わったな」

「ええ」

不安の種は取り除かれた。

もう怯えることはないのだと考えた途端、気が抜けたのか足がふらつく。

「大丈夫だよ」

臣下達には聞こえない程度の声で囁き、青藍が春鈴を力強く支えてくれる。優しく逞しい腕に身を預けると、すぐ側には愛しい人の笑みがあって春鈴は頬を染めた。

「ごめんなさい。私ったら、こんな場所で……」

「気にすることはないよ。あの男の罪を暴露するためとはいえ、怖い思いをさせてすまなかったね」

「青藍……」

周囲の視線から隠すように、青藍が春鈴を抱き上げた。

「後は雲嵐に任せた。私達はもう休む」

「御意」

控えていた雲嵐が頭を下げると、大臣や貴族達も習って頭を垂れる。

そのまま二人は、広間を後にした。

エピローグ　そして、新しい始まり

婚礼の儀式が数日後に迫っていた。

着物や髪飾り、身につける小物類を杏里と美音が手分けして確認してくれるので、春鈴はする事がない。

「……春鈴？」

ぼんやりと外を眺めていた春鈴に、青藍が書類を捲る手を止めて声をかける。

「ごめんなさい、ちょっと考え事をしてて……」

後宮に入り浸っても問題無いように、青藍は執務室を春鈴の部屋の側にわざわざ作らせてしまった。今では重要な会議以外は、ほとんどこちらで仕事をしている。

春鈴も書類の整理や雑務など、できる限りの手伝いをして青藍を支えていた。

「気になることがあるなら、話してくれ」

「実は、最初の毒殺事件が失敗した時なんだけど」

あの時、父から贈られた着物を汚された自分は、過剰な憎しみに駆られた。憎しみと怒りで頭の中が染まり、もし犯人が側に居たら何をしてたか分からない。

直後の服毒騒ぎで忘れていたけれど、時々思い出すと自分が恐ろしくなるのだと青藍に話す。

「もしかしたら、あの時感じた怒りの衝動って、本来の春鈴の一部だったんじゃないかしら？」

夢帰りをする前の春鈴は、かなり暴力的な性格だったと杏里も証言している。

すると青藍は少し考えてから、一つの仮説を口にする。

「本来の春鈴という性格が存在したとしても、夢帰りを経て過去の春鈴は消えた。いや、恐らくは『加奈』と一つになったのだと俺は思う」

「一つになったって、どういうこと？」

「俺は昔の春鈴を知っているが、とても悪女になるとは思えない性格だった。気が強い面はあったが、それだけだ。だから俺は『加奈』としての性格が、本来の春鈴だと解釈している。……ややこしいな」

苦笑する青藍の言いたいことは、なんとなく理解できる。なので春鈴も仮説を裏付けるように、考えを纏めてみる。

「確かに私は加奈としての意識はあるけど、春鈴って呼ばれても最初から違和感がなかったの。えぇと、つまりそれって、元々別の世界の私とこっちの私は最初から意識が繋がっていたって事でいいのかな」

「恐らくはそうだ。こちらの世界が物語だと話してくれたが、だとすれば物語の流れで春鈴は悪女にされただけかもしれない」

真相は分からないけれど、少なくとも青藍は幼い頃の春鈴を知っている。その彼が『悪女になるとは思えない』と話すのだからそうなのだろう。

「夢帰りをして、本来の自分を取り戻してくれてよかった」

「でも階段から落ちるのは、ひどいと思わない？　もっと別の方法で夢帰りをしたかったわ」

冗談めかして言うと、青藍がふと考え込む。

「……思い出した。春鈴が鵬国へ来る少し前に、奇妙な夢を見たんだ」

知らない国で知らない女性が階段から落ちる夢を見たと言う青藍に、春鈴は驚いて目を見開く。

「見たこともない服を着ていたから、よく憶えている。助けようとして、手を伸ばしたのだが間に合わなかった」

「もしかして、あの時の声は青藍だったの！」

階段から突き落とされた瞬間、確かに自分を呼ぶ声が聞こえた。あの時は誰の声か分からなかったけれど、今なら青藍に呼ばれたと分かる。

「呼んでくれなかったら、私……意識を失ったままだったかもしれない」

声のした方へ、春鈴は懸命に応えようとした。

そして気付いたときには、蘭春鈴として倒れていたのだ。

改めて二人は自分達が運命的な出会いをしたと知り、見つめ合う。

「この先もずっと、君を離しはしないよ春鈴」

「ええ、私も貴方の側にいるわ」

手を取りあい、そっと唇を重ねる。

こうして、『亡国の龍姫』の新しい物語が始まった。

番外編　そして、物語は続く

春鈴と青藍の婚礼は、誰から妨害される事もなく無事に執り行われた。

三日三晩続いた宴は若い皇帝夫婦の門出に相応しい盛大なもので、鵬国のみならず霧国でも祝いの祭りが開かれたほどだった。

そして何ごともなく、半年の月日が過ぎた。


後宮内には、皇妃の執務室がある。この国では所謂、福祉や子女の教育といった政務に関してのみ、皇妃が法の整備をすることが慣例となっているのだ。

そういった関係上、正殿にも専用の執務室はあるのだが最近は後宮側の部屋で春鈴は仕事をしていた。

「――どうなさったんです、春鈴様？」

書簡が山積みになっている机に突っ伏した春鈴に、杏里が心配そうに声をかける。

「お妃って、こんなに忙しいとは思わなくて。こっちの方が人目を気にしなくてすむと思ったけど……結局仕事量が変わらないから同じよね」

春鈴がため息を吐くのも無理はない。妃となった春鈴には皇太后から引き継いだ政務以外にも、皇宮に仕える女官達の統括という仕事が正式に任せられたのだ。

寵姫は事実上廃止されたものの、女官の数が目に見えて減ったわけではない。皇宮内には様々な部署があり、女官の働く場所はいくらでもある。

儀式での舞いや楽器を奏でる役目を持つ者、調理場、機織り、書庫の管理など挙げればきりがない。つまるところ軍に関わる事以外なら、ほぼ全ての部署で女官が働いているのだ。

「細かなことは、それぞれの部署に任せてしまえばいいんじゃないですか？」

「うん……でも、最初から丸投げはしたくないのよね。せめて部署ごとの統括と補佐官の名前は覚えたいし、仕事内容も知っておいた方がいいかと思って」

「余り根を詰めないでくださいね。少し休憩した方が宜しいですよ」

「そうね」

杏里が淹れてくれたお茶を飲んで、少し人心地がついた気がする。

——杏里の言うとおり、人任せにしても問題無いのは分かるんだけど……。

厄介なことに夢帰りをしていた世界での記憶が影響しているらしく、どうしても仕事の手抜きを許せないのだ。

夢の世界で春鈴は『加奈』として会社勤めをしていた。ブラック企業ではなかったものの、それなりに忙しい部署にいたので残業は珍しくなかった。

ワーカーホーリック気味だったと、今なら分かる。しかし当時はそれが日常だったので、疑問にも思わなかった。

「こうしてお仕事をされている姿は、宰相様とそっくりですね」

「え、お父様もこんな感じなの？」

くすりと笑う杏里に、春鈴は問いかける。霧国にいた頃、春鈴は儀式の時を除いて住まいから殆ど出る事はなかった。

父の亞門も滅多に家には帰らず、顔を合わせても春鈴に仕事の話をしたことは一度もなかった。

「度々春鈴様からお手紙を預かって、宰相様の執務室にお伺いしてましたので……。宰相様はいつも書簡の山と部下に囲まれて、お忙しそうにしてらっしゃいましたよ」

冷酷非道と誇りを受けた父だが、『亡国の龍姫』の中ではちゃんと有能な宰相として書かれていた。確かに優秀でなければ、宰相として務まらないだろう。

あの騒ぎの後、亞門は延利に陥れられただけだと潔白が証明され、今では真面目に宰相としての務めを果たしていると青藍から教えてもらった。

ただ不思議な事もある。春鈴が鵬国に来るまでは亞門は私欲を優先する性格だったはずなのだが、以前のような非道な言動はしなくなったらしい。

他にも亞門が悪事を隠蔽するために処刑や追放をした人物が、何ごともなかったように生活していたりと、本来の物語と外れた矛盾点が幾つもある。

恐らくそれらは、春鈴が悪女でなくなり青藍と結ばれたからだろう。

――私だけじゃなく、お父様も本来は優しくて真面目な人だったって事よね。

話の筋は変わってしまったけれど、結果として良い方向に進んでいるのだから何も問題はないはずだ。

現に亞門は潔白が証明されてからは、霧国の幼い皇帝や家臣達から頼られる存在となっている。

仕事に関しては厳しいが、歴代希に見る立派な宰相だと鵬国の宮廷内でも噂になっているほどだ。

先日父から届いた手紙には、霧国の皇帝がもう少し大きくなったら宰相を退くつもりだと書かれていて、正直春鈴は驚きを隠せなかった。

あれだけ権力に固執し、国を奪おうとした父がこうもあっさり方針を変えるなど思いもしなかったからだ。春鈴としてはもしも亞門が再び悪事を働こうとしたら、悪い事はしないよう説得するつもりでいた。

だがそれも杞憂に終わった。

――色々あったけど、とりあえずは一安心ってところかしら。

自分は悪女ではなくなったし、裏で悪事を画策していた延利は辺境へ追放されている。けれど春鈴の心は、完全に晴れたわけではない。

寵姫を廃止したことで、一部の貴族から反感を買ってしまったのだ。彼らにしてみれば、皇帝と繋がりを持つ有益な手段が減ってしまったのだから仕方が無いとも言える。

娘を後宮に送り込み、皇帝の子を身籠もれば政治的な発言力は増す。更には正妃の子が病死など不幸に見舞われれば、世継ぎになる可能性もあるのだ。

歴代の皇帝も正妃を尊重し愛していたが、寵姫廃止までは流石に実行しなかった。

それを青藍は『床を共にするのは春鈴だけだ』と公言し、いともあっさりと強行したのだから怒りが春鈴に向けられるのは当然の流れだろう。

勿論、表立って文句を言われたわけではない。しかし貴族達から向けられる視線や会話の端々から、自分に向けられている悪意は嫌でも分かってしまう。

「春鈴様、やっぱり顔色が優れませんよ。今日はもう休まれたらいかがですか？　無理は禁物ですよ」

「でも」

「雲嵐殿から聞きましたよ。青藍様に、働き過ぎだって注意してたらしいじゃないですか。なのに本人が働き詰めじゃ、説得力ないですよ」

容赦ない杏里の突っ込みに、春鈴は何も言えなくなる。

――確かに言ったわ……言ったけど……。

書類の山を見ると、自然に手が動いてしまうのは社畜時代の名残だろうか。けれど杏里の言葉が正しいとも頭では理解している。

春鈴は大きなため息を一つ吐いて、筆から手を離した。

「……そうね。杏里の言うとおり今日は休むわ」

本音を言えば、貴族達から認められたくて仕事に専念していたというのが第一の理由だ。自分のために無理を通してくれた青藍にまで矛先が向かぬよう、せめて妃としての務めを果たせばいずれ受け入れてもらえるだろうと必死になっていた。

だから無理をしている自覚はあったし、実際に寝不足気味で最近は書簡の内容もなかなか頭に入ってこない。

――調子がよくないのは、ストレスのせいもあるんだろうな。

何はともあれ、まずは体調を整えなければならないと考える。

「今夜は早めに夕餉にしましょう。食事がすんだら、杏里も自室に戻っていいわ。側仕えの子達にも、そう伝えて……重要な会議が立て続けにあるって言っていたから、青藍は今夜も後宮には戻れないだろうし」

「畏まりました。では厨房に支度を早めるよう伝えてきますね」

窓の外に目をやると、木陰の先に正殿の屋根が見える。その下では、今頃青藍は会議の最中だろう。すぐ側にいるのに、会うこともままならないのでもどかしさばかりが募る。

寂しい気持ちはあるけれど、互いの立場を考えれば我が儘は言っていられない。

「早く青藍とゆっくりしたいな……そうだ」

何も書かれていない紙を一枚手に取る。そして春鈴は今日あった出来事と、青藍を気遣う言葉を書き記す。内容は短く他愛ないものだ。

これは以前、共働きですれ違いの多い先輩夫婦がコミュニケーションの一つとして取り入れていた方法だ。些細な内容でもその日の出来事を共有すれば、夫婦の絆は深まるのだと先輩は笑っていたのを思い出す。

「夢の世界も大変だったけど、楽しいことも多かったわよね」

書き終えるとタイミング良く杏里が戻ってくる。春鈴はその文を杏里に青藍の所へ届けるように頼んで、自室へと戻った。


皇太后からお茶の誘いがあったのは、それから数日後の事だ。婚礼と同時に青藍が正式に皇帝の座に即位したので、現在は正殿から後宮内に移って生活している。

「こちらの生活には、慣れましたか？」

自らお茶を淹れて勧めてくる皇太后に、春鈴は笑顔で頷く。

「はい。皆さんよくしてくれます。青藍も忙しい中で、色々と気にかけてくれますし。大丈夫です」

「そう？　ならいいのだけれど、また一人で抱え込んだら駄目よ」

夢の世界でお世話になった笹野部長にそっくりな皇太后に気遣われると、何だかほっとして気持ちが緩む。母を早くに亡くした加奈を、笹野部長は仕事だけでなくプライベートでも気にかけてくれていた。

延利からプロポーズされた時も、一番初めに報告をしたほど加奈は笹野を信頼していた。

――そういえばあの時、部長……何か言いたそうにしてたっけ。

珍しく口ごもった彼女に対して、自分は特に深く考えずこれから延利と築く未来を笑顔で語ったことを思い出して恥じ入ってしまう。恐らく彼女は部長という立場上、延利に関する何らかの情報を知っていたに違いない。

しかし法を犯すような事でもしていない限り、相手の性格や私生活に関わる事を喋るのは違反行為に当たる。きっと笹野も悩んだだろう。

もしもあの時、笹野の変化に気付いて疑問を投げかけていたら、彼女は延利に関して知っている事を話してくれたに違いない。

その場合確実に、未来は変わったはずだ。自分はあの世界を夢とは知らず、『加奈』として生き続けていただろう。

結果として自分は本来の春鈴に戻れたのだから、ある意味よかったのだ。

「お気遣い、ありがとうございます」

「正妃になると大臣や貴族達との交流も増えるでしょう？　みな好き勝手なことを言うと思うけど、気にしないでね。私もよく陰口たたかれたけれど、いちいち相手をしていたらきりがないもの」

「皇太后様に悪口だなんて！」

思わず春鈴は声を張り上げてしまう。政務にこそ関わらないが、正妃の地位は皇帝に次ぐものだ。全国民から『国母』と慕われ、敬愛の対象となる。

「即位したばかりの頃は、色々と忙しいのよね。儀式もだけれど、何より人員の差配が面倒なのよ。あの人も頭を痛めていたわ。見かねて少しだけお手伝いをしたら、あっという間に『国政に口を出すな』って貴族達が大騒ぎしたの。書記の一人が手を痛めたから、代わりをしただけなのに」

「それだけで？」

「貴族達はあの人があまり寵姫に構わないことを、よく思っていなかったの。だから私のあら探しをして、些細な事でも悪く言ったのよ。あの人は悪い噂を耳にする度に怒ってくれたけど、私は気にしなかったわ。側仕えの女官達は味方でいてくれたし、何より——愛する人が私を一番に思ってくれていると分かっていたから」

笑いながら話す皇太后の顔には、憂いはない。

『あの人』とは、つまり青藍の父だ。穏やかな人柄で、誰からも慕われた皇帝だったと聞いている。

『亡国の龍姫』の番外編を含めて登場はなく、あくまで思い出として語られるだけの人物だ。

設定では青藍に腹違いの弟妹はいるけれど、登場はしていないので、先帝が寵姫とどういった関係にあったかは分からない。

こちらの世界にも青藍の弟妹は存在しているが、他国に嫁いだり辺境の統治を任されたりしており、今では全員都を離れている。

「私の実家は下級貴族だから、みな憎たらしかったんでしょうね」

「……」

平穏な世界ではあるが、権力争いは皆無とは言えない。

それに比べて、春鈴の立場は非常に恵まれている。霧国宰相の娘となれば、強く出られる貴族はほぼいない。だがあくまでそれは、何ごともなければという前提でのこと。青藍の『寵姫廃止』は、春鈴の後ろ盾を以ってしても貴族達の反感を買うには十分すぎる出来事だ。

「貴族達は、気にしなくていいのよ。私が青藍を産んだのだって、結婚してから大分経ってからだもの。それまで散々、嫌みを言われたわ」

ひどいときは、女官に賄賂を渡して嫌がらせをするよう指示した貴族もいたのだと、皇太后は笑って話す。

——性格も、笹野部長にそっくりなのね。

社内のパワハラ・セクハラ問題に正面から立ち向かい、様々な権利を勝ち取った武勇伝を持つ笹野と皇太后が重なって見える。

「あの……貴族の中に、寵姫の復活を望んでいる方がいると聞きました。私、どうすればよいのか分からなくて」

跡継ぎを気にしている者と、あわよくば自分の娘を寵姫にと目論んでいた者達が結託し、なんとかして命令を取り消すべく裏で動いていると杏里や美音が教えてくれたのだ。

勿論青藍は突っぱねてくれているけれど、春鈴の心には不安が残っている。

「放っておきなさい」

俯く春鈴に、あっさり皇太后が告げた。

「え？」

「あれは皇帝の勅令で行われたこと。覆すなどできません」

あまりにきっぱりと言い切られ、逆に拍子抜けしてしまう。

「ごめんなさいね。もっと気の利いた事が言えればよいのだけれど……いちいち気にしていたら身が持たないのも事実なのよ。何より息子は貴女しか見えていないわ。だから大丈夫よ」

「お気遣いありがとうございます」

「そうそう、お茶に呼んだのはずっと気になってたことがあったからなの」

何を聞かれるのかと身構えた春鈴だが、続いた皇太后の言葉にぽかんとしてしまう。

「夢帰りの話を聞かせてちょうだい。こちらとは随分違う世界なのよね？　女官達が噂をしていたわ。あいすくりーむ、とか他にも美味しいお料理があるんですって？」

――え、あ……そっち？

いきなり軽い話題に切り替わり、春鈴は戸惑う。これも皇太后の気遣いなのかと考えるけれど、彼女は春鈴の困惑を見透かしたように微笑んだ。

「青藍はあなたを愛しているわ。あなたも同じでしょう？」

こくりと頷くと、皇太后は笑みを深くする。

「だったら、他人の言葉なんて気にしなくていいの。――皇宮は雑音が多すぎるから、全てに耳を傾けていては疲れてしまうわ。本当に聞かなくてはならない言葉を聞き取れるようになるまでは時間がかかるから、それまでは耳を塞いでいなさい」

これはきっと、皇太后の経験からの言葉なのだろう。正妃とはいえ、様々な思惑の交錯する皇宮内では沢山の理不尽や噂話、そして自身に向けられる言われなき中傷も多く受けてきたからこその助言だ。

「全てに耳を傾ける妃が、良い妃ではありません。時には聞かぬ振りをするのも、必要です」

処世術として必要なのだと、皇太后が教えてくれる。

「少しは納得してもらえたかしら？」

「はい、皇太后様」

「じゃあ改めて、夢の話を聞かせて春鈴。ずっと楽しみにしてたのよ」

目を輝かせて身を乗り出す皇太后に、春鈴はやっと笑顔になった。

それから春鈴は、夢の世界での出来事を、問われるままに皇太后に話した。

どうやら皇太后は、文化的な面に興味を引かれたらしい。特にこちらの世界が『亡国の龍姫』という題で漫画という書物になっていると説明すると、皇宮付きの画家に『漫画を描かせましょう』と妙な方向に乗り気になってしまった。

「――面白いわ。夢の世界にも、私そっくりな方がいたのね」

話しが一段落した頃合いを見計らって、春鈴がずっと気になっていた事を尋ねてみた。

「じゃあ、お顔が似ているだけで笹野部長ではないのですね？」

「残念だけど、私は夢帰りではないわ」

首を横に振る皇太后が嘘を言っているようには思えない。

「ご期待に応えられなくて、ごめんなさいね」

「いえ、そんな。私の方こそ、失礼しました」

もしかしたら、という少しの期待があったのは否めない。だが皇太后と笹野部長は、似ているだけで別人だ。

「あなたがその笹野さんを、お母様のように慕っていた気持ちは分かるわ。よければこれからは、私を母と思って頂けないかしら？」

「そんな、恐れ多いこと……」

「いいのよ。あなたのお母様とは、一度お目にかかっただけだけれど、とても良い人だったわ。だからあなたが悪女と噂されているのを聞いて、亡くなったお母様が生きていたらどれほど心を痛められたかと……」

話しながら、皇太后が目元を拭う。

「でもあなたは、悪女などではありません。立派な女性に育ちました。本当のお母様には及びませんが、あなたを守ると約束するわ」

心強い皇太后の言葉に、春鈴も涙ぐむ。

――青藍も皇太后様も、私を大切に想ってくれている。

二人の優しさに応えるためにも王妃として頑張らなければと、春鈴は心の中で決意した。


皇太后とのお茶会から数日後。

春鈴は久しぶりに青藍と二人きりの時間を持つことができた。

真っ白い花が咲き誇る庭園の一角に作られた東屋で、春鈴と青藍は寄り添って座る。

こぢんまりとした造りだが、大理石でできたそれは柱に群青の石が幾何学模様に埋め込まれ、全体が精緻な芸術作品のようだ。

「急に休めと言われたから、驚いたよ。もう少し早く知っていれば、町に出る準備もできたのだけど」

「私も驚きました。でも青藍と一緒にこうして過ごせるだけでも十分だから」

「しかし、折角の休日なのに庭園の花見だけではつまらないだろう？」

申し訳なさそうに眉を下げる青藍に、春鈴は笑って首を横に振る。

「お互い忙しかったたし、たまにはこうしてのんびりするのも楽しいわ。お忍びで町に出るのは、次回の楽しみに取っておけばいいのよ」

婚礼を挙げてから、春鈴は一度だけ青藍と共に町の南にある大市場へ出かけたことがあった。

正式な訪問ではなく、数名の従者だけを連れた、つまりは『お忍びデート』だ。祖国でも殆ど外へ出る事のなかった春鈴は、見るもの全てが珍しくついはしゃぎすぎてしまった。

仕えてくれる女官達にあれこれとお土産を山のように買い込み、夕刻にこっそり戻ったところを雲嵐に捕まり、二人して説教をされたのもいい思い出だ。

「次は雲嵐に見つからないようにしないとな。俺に声の似た、身代わりを立てようと思っているんだ。部屋の扉を開けなければ、気付かれないだろう？」

「それはいい考えね。私は新しい抜け道を杏里に探してもらってるわ」

顔を見合わせ、二人はくすりと笑う。

二人の住まいは以前と同じく後宮内にあるのだが、最近は青藍の政務が忙しく正殿で寝泊まりすることも珍しくない。

新帝が即位して一年ほどは、様々な儀式や地方を治める領主達との謁見などが続く。なので二人だけの時間は貴重なのだ。

「来月の祭礼が終われば、新帝としての行事は一段落する。落ち着いたら、北の平原に行こう。あちらには、祖父が建てた休暇用の離宮があるんだ。あの素晴らしい景色を、君に見せたい」

「青藍……」

「勿論、景色だけじゃなくて名物の菓子も用意するよ。木苺を使った美味い菓子があるんだ」

「もう！　私は別にお菓子が目当てとかそんなんじゃないから」

「じゃあ、いらない？」

「それは……」

うっと言葉に詰まった春鈴の肩を抱き、青藍が不意打ちで唇を奪う。

「……ぁ……青藍……だめよ……」

前にも明るいうちから東屋で求められたことはあったけれど、慣れるものではない。せめて口づけだけに留めようと彼の胸を押すけれどびくともしない。

青藍はそんな春鈴の抵抗を簡単に押さえ込み、着物の合わせ目から手を入れて胸を揉みしだこうとする。

「や、青藍のばかっ」

「馬鹿とはひどいな。君の夫なのに」

端から見れば、愛し合う者同士の甘いじゃれ合いだ。

「きゃあ……んっ」

抵抗も虚しく入り込んできた青藍の手が、春鈴のふくよかな胸に触れる。下から持ち上げるように揉まれると、張りのある胸が服から零れそうになる。

「外でなんて……だめ、よ……青藍……」

乳首を指の先で弄られ、息が上がってしまう。青藍の手で快楽を教え込まれた体は、この先にある快楽を待ちわびていた。

「君が欲しい。太陽の下で乱れる君を観たいんだ」

甘くねだる声に、下半身がじわりと疼く。優しい声と強引な愛撫に理性が負けてしまいそうになる。

しかしその甘い一時は、無粋な声に邪魔をされる。

「陛下、申し訳ございません」

少し離れた場所から呼ぶ声に、青藍がそちらに顔を向けた。明らかに不機嫌だが、ここで相手を叱責するような性格ではない。

「何用だ。今日は一日休みだと伝えてあるはずだが、それほど火急の件なのか」

皇帝としての威厳に満ちた声に、思わず春鈴も姿勢を正してしまう。

「はい。急ぎお伝えしたい事がございます。ご無礼をどうかお許しください」

ここで引かないという事は、余程の事態なのだろう。

青藍も部下の言葉に、少し考えてから頷く。

「分かった。……少し待て」

青藍が春鈴を見つめ何か言いたそうに口を開くが、言葉にする前にそっと指で唇を押さえる。どんな内容でも、声を聞いてしまったら、寂しさが募って離れがたくなると思ったからだ。

「気にしないで、行ってちょうだい」

「すまない、春鈴」

「その代わり……お仕事が終わったら、側にいてね」

「ああ、勿論だ」

長椅子から立ち上がった青藍が、屈んで額に唇を落とす。

「行ってくる」

「お仕事、頑張ってね」

正殿の方角に足早に去って行く青藍を見送り、春鈴は長椅子にくたりと身を沈めた。唇と、少しだけ愛撫を受けた胸が甘い熱を帯びている。

あのまま誰も来なければ、また外で行為に及んでいただろう。

着衣のまま獣のように交わった日の事を思い出して、春鈴は頬を染める。

「私ったら、何考えてるのよ！」

そう口にするものの、心の中は満たされている。

——……色々あったけど、幸せよね。

半年前は処刑されることを恐れ、生き残るために必死だった。

辺境で細々と暮らす事が唯一の希望だった自分が、こうして青藍と恋仲になって結ばれるなんて思いもしなかった。

正直まだ、今の幸せが信じられない。

「私も部屋に戻ろう」

あの様子だと、青藍は休暇返上で政務に取りかかることになるだろう。一人で庭園を眺めていても寂しくなるだけなので、春鈴は私室のある後宮へと歩き出す。

しかしすぐに、ある事を思い立って踵を返した。

——折角だし、少し遠回りしてみようかな。

皇宮の正殿にも春鈴専用の執務室があるので、そちらで仕事をする事もあるし、場合によっては視察も行う。だが皇妃という立場上、いつも護衛と女官が側にいるので気が抜けない。

今日は青藍と二人で庭を散策するという名目で正殿に来ているから、護衛は庭園の外に待たせてある。

「さっき呼びに来た人は正殿の方から入ってきたみたいだし、後宮は反対側。だったら東側の門には誰もいないはず」

春鈴の勘は当たり、警備の者はいるものの大分手薄だ。木陰から足音を忍ばせて、廊下の柱の裏に移動する。

――よし！

幸い今日は庭の散策をするつもりでいたので、豪華な髪飾りや長い帯は身につけていない。素早く柱から柱へと移動して、東棟の奥へと入り込んだ。

――こっちは来たことないのよね。

皇宮は広いので、未だに足を踏み入れていない場所は多い。それに勝手に見て回ることも許されていないから、今日は絶好の機会だ。

「こっちは書庫ね。向こうは、何かしら？」

官吏達に見つからないよう、春鈴は柱や書棚に隠れてこそこそと移動する。幸い東棟は人の出入りが少ないらしく、春鈴は誰に見とがめられることもなくあちこちを見て回った。

「そろそろ戻らないと、杏里達が捜しに来るかも……」

廊下に差し込む日は大分傾いており、夕暮れが近いと気が付く。夕餉には戻ると伝えておいたので、庭園にいないと知られたら大騒ぎになってしまう。

その前に戻らなくてはと、春鈴が踵を返したその時、近くの部屋から声が聞こえた。

「あの女は、やはり悪女だ」

びくりと身を竦ませ、声のした方を見遣る。どうやらそこは書庫の一つで、声はその奥から聞こえてきていた。

——悪女って、私の事よね。

疑いが晴れたとはいえ、貴族の中にはまだ春鈴を警戒している者も多い。そっと中を覗くと、数名の男達が話し込んでいた。

「世継ぎがいなければ、国が滅びる。陛下はそれを理解しておられるのか。あの女が来てから、陛下は変わってしまった」

「後宮を廃するなど、あの女に唆されたに違いない」

口々に春鈴に対して文句を言う彼らの言葉に、耳を欹てる。

「しかし、男を連れ込むという事実はなかった。あの追放された貴族のでっち上げというのは事実でしょう。もう少し様子を見てはいかがか」

「そんな悠長な事を言ってはいられませんよ」

「考えたのですが……世継ぎを産まぬ妃は、結果として国を滅ぼす悪女なのでは？」

最初に春鈴を『悪女』と言った男が、疑問を呈する。

「おい、流石に口が過ぎるぞ」

「何を言う。俺はこの国を思ってだな……」

「しかし、世継ぎの問題は早くどうにかせねば」

「寵姫の復活は、皇帝が強固に反対をしている。困ったものだ」

「やはり朝議でこの問題を取り上げるしかないだろう」

長い顎鬚を生やした老人の言葉に、集っていた者達が頷き合う。

立ち聞きをしていた春鈴は、そっとその場を離れる。そして彼らに気付かれない所まで来ると、後宮に向かって駆け出した。

――やっぱり、寵姫制度を止めたのは間違いだったんだわ。

自分だけを愛すると青藍は言ってくれて、嬉しく思った。けれど立場を考えれば、それは望んではいけない幸せだったのだ。

皇帝の妃になるという事は、それだけの覚悟が必要なのに自分は周囲の優しさに甘えていたのだと思い知る。

零れる涙を拭いもせず、春鈴は後宮の自室に駆け込むと寝室に籠もり声を上げて泣いた。


数日後、事態は急展開を迎える。痺れを切らした貴族が春鈴に直談判にやってきたのだ。

寵姫制度が廃止されたとはいえ、後宮自体は正妃の住まいである事に変わりない。なので部外者が立ち入る際には、事前に許可が必要になる。

そこで貴族達は、春鈴が正殿で執務にあたっている時を見計らって押しかけてきたのだ。

十分に不敬に当たるが、なるべく事を荒立てたくない春鈴の意向で、入室を許可したのだがこれが大きな間違いだった。

「それで、何用ですか？」

入ってきたのは年老いた貴族が数名。名は朧気だが、式典では上席にいる者達だと憶えていた。

卓を挟んで対峙した貴族達は、慇懃に挨拶の言葉を述べると早速本題を切り出す。

「陛下は寵妃を持つべきと、進言いたします」

「我らは世継ぎの誕生を望んでおりますが、貴女様はその兆候すら未だにない」

「正妃としてあるまじきことだと、自覚していらっしゃいますかな？」

口々に告げられ、流石に春鈴も絶句する。

動揺する気持ちを必死に押し殺し、努めて冷静な表情を崩さない。あくまで彼らの言い分を全て聞くつもりなのだと、態度で示す。

無言を貫く春鈴に何を思うのか、彼らは目配せをすると話を続けた。

「陛下は貴女一人に固執するより、多くの寵妃と床を共にしていただいた方が私どもも……いや、民達も安心できるのです」

「無論、勝手に事を進めるつもりはございません。寵姫を選定するのは、皇妃自らの役目と昔から決まっております。ですので貴女様自ら、寵妃に相応しい姫を選んでいただきたいのです」

後宮が機能していた頃も皇帝の意思はあったものの、皇妃の許しがなければ側に侍るのは許されなかったのだと、一人の老貴族が説明する。

——床入りする相手を正妃が選ぶなんて、それってどんな拷問よ。

まだ皇帝が選んでくれた方がマシだ。

しかし正妃が選んだ相手となれば、文句も言えない。それが彼らの狙いなのだ。

「分かりました。考えておきます」

端的に答えると、ほっとした様子で貴族達が笑みを浮かべる。心からの安堵を浮かべたのは年老いた一人だけど、他の者は何か含みのある笑みだったが、春鈴は気付かない振りをした。

「ご用がお済みでしたら、ご退室ください。これから春鈴様は、視察に向かわれますので忙しいのです」

慇懃に貴族達を追い出す杏里に、彼らはごねつつものろのろと執務室を出て行った。最後の一人が廊下に出ると、杏里はわざと大きな音を立てて扉を閉める。

「春鈴様、あんな連中の言う事なんて聞かなくていいですよ！　まだ婚礼を挙げて半年ですよ。それに式が終わってからは、青藍様はご公務でお忙しいし春鈴様も儀式や何やらでお疲れでしょう。子作りする時間も気力もあるわけないじゃないですか」

「ちょっと杏里。言い方……」

当事者である春鈴よりも怒りを爆発させている杏里を見ていると、何故か春鈴の気持ちは落ち着いてしまう。

「だって、ひどいじゃないですか。皇妃の部屋に、男ばかりで押しかけるだけでも非常識極まりない。それに陳情なら代表者を一人送ればいいのに、大勢でないと文句も言えないなんて。情けないと思わないんですかね」

「ありがとう、杏里」

「春鈴様は優しすぎるから、私が代わりに怒ってるんです！　春鈴様の方が偉いんですから、失礼だってはっきり言ってやればいいんですよ」

唇を尖らせる杏里に、つい笑ってしまう。

彼女の言うとおり、貴族達のしたことは不敬罪に当たる。でもそこまで思い詰めているのだとすれば、それはきっと自分が至らないせいだ。

――世継ぎを心配するのは、当然のことだもの。

鵬国の未来は、春鈴の産む世継ぎにかかっているのだ。

『国を滅ぼす悪女』

忘れかけていた言葉が、脳裏を過る。

物語で春鈴は鵬国の内政を堕落させ、二つの国を戦乱へ陥れようとした。

無実の者に罪をでっち上げ、いたぶり殺す、残虐な悪女。

しかし今は、世継ぎを産まないことで『悪女』と定義されようとしている。

——どう足掻いても、私は悪女から逃れられないの？

一抹の不安が、胸を過った。

このままでは処刑こそされないまでも、鵬国を滅ぼす妃として誇りを受けるだろう。

——私が何とかしなくちゃ。

これ以上、青藍を悩ませる事態は避けなくてはならない。


その夜、春鈴は寝所に入ると青藍に話を切り出した。寝台へと誘う彼の手から逃れて、数歩分の距離を取る。

「青藍、話があるの」

真剣な表情の春鈴に、青藍が怪訝そうに首を傾げる。

「どうしたんだい、改まって。まさか、俺と別れるとか言わないよね——」

「真面目に聞いて。私、考えたんだけれど……あなたの寵妃を選ぼうと思うの」

嫌な沈黙が落ちる。

何か言ってくれればいいのに、青藍は黙ったままだ。彼がどんな顔をしているのか怖くて、春鈴は俯いたまま動けない。

——青藍も皇太后も気にするなって言ってたけど、そんなの無理よ。

貴族達が告げた言葉に、春鈴は揺れていた。

すぐに子どもが産めないのはともかく、世継ぎをより確実に得るためには寵姫の存在は必要だ。

それに政治を執り行う上で、貴族達の反感を買うのは好ましくない。

「もしも、私が世継ぎを産めなかったらどうしようって考えたの。……そんなことになったら、私はこの国を滅ぼす悪女に逆戻りしてしまうわ」

両手で下腹を押さえ、春鈴は青藍を見上げた。

自分を愛してると言ってくれた青藍。しかし彼は、この国の皇帝だ。

世継ぎを残すことも、大切な仕事だと頭では理解しているけれど、他の女性を抱くと想像しただけで胸が苦しくなる。

「私は大丈夫だから……寵妃を娶って……お願い」

「待ってくれ、急に何を言い出すんだ」

慌ててる青藍に春鈴は首を横に振る。

「急じゃないわ、ずっと考えてたのよ。貴族達は本心では後宮の復活を望んでるんでしょう？　それが無理なら、せめて寵妃を娶るべきよ」

「老臣どもに何か吹き込まれたのか？　彼らの言葉は、ただの戯れ言だ」

青藍が春鈴の肩掴んで抱き寄せる。力強いその腕に身を任せてしまいたかったけれど、春鈴は迷う。

戯れ言と一蹴するには、書庫にいた彼らは余りに深刻そうだった。

そしてもう一つ、春鈴は心に引っかかっていた疑問を口にした。

「隠し事、してるわよね？」

最近の青藍は、明らかに様子がおかしいのだ。一緒に食事をしていても常に眉間に皺を寄せて、考えごとをしている。

話しかけても上の空で、その変化は春鈴だけでなく杏里や女官達も訝しく思っているようだ。

「庭園にお花見をしに行った日から、何か変よ」

正確にはあの日、会議から戻ってきてからだ。いつもなら会議でこんな話題が上ったとか、民の暮らし向きを良くするにはどの案が最適だろうとか。春鈴にも分かりやすく政務の話をしてくれていた。

政治に関して春鈴はあれこれ口を出しはしないが、国のために様々な制度を考えている青藍の話を聞くのは好きだったのにここ最近は全く教えてくれない。

「何があったの？　教えて、青藍。どんな事でも、私は受け入れるから！」

「今はまだ話せない」

「どうして！」

理由も教えられず答えを拒絶され、春鈴の感情が爆発する。

「私の事を、悪女だと思ってるから信用できないの？　本当は、信じていないんでしょう？　本当の事を言ってよ青藍！」

「そんなわけはない！」

強い口調で否定され、春鈴はびくりと身を竦ませた。

すぐに青藍も己の口調が強すぎたと気付いたのか、肩を掴んでいた手を放す。

「すまない」

項垂れる青藍に、春鈴は何か言おうとしたけれど言葉が出てこない。

初めて彼を怖いと思ってしまった。八つ当たりした自分が悪いと分かっているのに、謝る事ができずただ唇を噛む。

再び沈黙が二人の間に落ちた。そんな嫌な空気を動かしたのは、青藍だった。

「――春鈴、君を怯えさせてしまった事を心から謝罪する」

「青藍っ」

突然彼が跪き、頭を垂れた。皇帝である青藍が跪くなど、たとえ相手が妃であってもやっていいことではない。

「ただ、君に話せない事があるのは事実だ。事が落ち着いたら必ず全てを話すと誓おう」

そこまで言われてしまったら、問い詰めることは流石にできない。春鈴も膝を折って彼の手を取り、立ち上がるように促す。

「皇帝なんだから、そんな簡単に頭を下げたら駄目よ」

「君は優しいね」

ううん、と春鈴は首を横に振る。謝ってもらっても、蟠りが消えたわけではないからだ。

「……しばらく、別々に寝てもいい？　青藍を嫌いになったんじゃないの。ただ……私も一人で考えたいから」

言葉に偽りはない。

この状態で一緒にいたら、どうしたって隠し事が気になってしまう。困らせたくないのだと説明すると、何か言いたげにしていたが青藍は頷いてくれた。

その夜から春鈴は後宮で、青藍は正殿で休むことを取り決めた。


翌日、雲嵐が青藍からの手紙を携えて、春鈴の許を訪れた。

「青藍様からです」

受け取った手紙には感情が昂り怒鳴ってしまった謝罪と、もう暫く時間が欲しいという内容が書かれていた。

——忙しいのに、気を遣わせてしまったわ。

読み終えると、春鈴は手紙を手にしたままため息を吐く。

あの時は自分も、冷静な話し合いができる状態ではなかった。

「ありがとう。私も反省していたと、青藍に伝えてちょうだい」

手紙で返事をしようか迷ったが、今の感情のままではだらだらととりとめのない内容になる気がしたので、それは止めた。

「では失礼致します」

相変わらず必要以上に喋らない雲嵐は、頭を下げると部屋を出て行こうとする。

「待って雲嵐、答えてほしい事があるの。世継ぎを産めない妃は、悪女だと貴方は思う？　私は青藍にとって、害悪になる？」

「春鈴様っ」

「ごめん杏里、今は何も言わないで。……雲嵐、貴方は冷静に物事を見る事ができる人だわ。貴族達の不満も聞き知っているわよね？　それを踏まえて、貴方の意見を聞かせて」

不安げに見つめる杏里を制して、春鈴は雲嵐に問うた。

「お願い。青藍の親友でもある貴方の意見が聞きたいの。私は青藍のお荷物にはなりたくないのよ」

青藍からの愛情に甘えてばかりで、政務の邪魔になるような事があれば意味がない。

「まず一つ目の質問ですが、国を滅ぼすという視点から考えれば、世継ぎを産めないのであれば悪女でしょう」

「ちょっと、雲嵐様！　何を言い出すのよ！」

咎める杏里を無視して、雲嵐が続ける。

「しかし現状から考えて、春鈴様が悩まれるのは些か尚早でしょう。それと……世継ぎの件でお悩みになっているのは、一部の貴族が原因ですよね」

逆に問われて、春鈴は俯く。すると合点がいった様子で、雲嵐が眉間に皺を寄せた。

「あの者達の言葉に心を乱す必要はありません。その……彼らは少し、いや、かなり偏った考えの者達でして。殆どの者は相手にしておりません」

「どういうこと？」

苦言を呈しにやってきた者達は、貴族内の一派閥だけだと春鈴も分かっていた。しかし総意ではないとしても、直接話をしに来るのだからそれなりに同調する者がいるのだと思い込んでいたのだ。

「彼らは『正妃ならば、すぐに子を生せる』と……迷信に近い勘違いと言いますか、思い違いをしておりまして。皇太后がご成婚された時も、散々騒ぎ立てた一派なのです」

苦虫を噛み潰したような顔で雲嵐が言うには、一部の貴族の間では『帝の正妃は一月もあれば子を産める』という、迷信が昔から言い伝えられているらしい。勿論信じているのはごく少数で、殆どは自分の娘を後宮へ送り込めなかった貴族がやっかみで広めた世迷い言だと知っている。

確かに落ち着いて考えれば、直訴してきた者達の言い分はかなりおかしな内容だったと今なら理解できる。

――皇太后様が余計な話は聞かなくていいって言ってたのは、この事だったのね。

いくらなんでも、一カ月で子を産むなどあり得ない。

「婚礼を挙げてから、まだ半年。心身に不安があるのでしたら、私ではなく御殿医にお尋ねになるのがよろしいでしょう。世継ぎに関しては、迷信ではなく専門的な助言を受けるのが正しいかと思います」

気を張りすぎて、馬鹿げた話を真剣に受け止めていたと春鈴は気付く。雲嵐の淡々とした物言いのお陰で、ざわついていた心が落ち着いてくる。

「二つ目の質問は、否と申し上げます。貴女が側にいるお陰で、青藍様は日々政務に取り組むことができるのですから」

「私のお陰って言われても……何もしてないわよ」

妃として女官達の差配などの仕事はあるけれど、政治は青藍の管轄だ。

「貴女と民が心安らげる国を作りたいと、青藍様は仰っております。もっと自信を持ってください」

「青藍が、そんな事を……」

「正直、貴女が来てくださってから青藍様は変わりました。お父上を狩りの事故で亡くしてから、ひどく心を痛めておりました。このまま病んでしまうのかと、みな心配していたのです」

——そうだ、青藍は狩りに誘った自分を責めて、気落ちしてたところを美音にカツを入れられて立ち直るのよね。

その狩り自体も、本来の物語では亞門が仕組んだ罠であった。しかし延利が夢帰りをしたことで、話の流れは大きく変わっている。

「ですが春鈴様のお陰で、青藍様は立ち直りました。悪女だとあらぬ噂を立てられても立派に振る舞うあなたを前にして、情けない姿は見せられないとご自身を奮い立たせたのです」

大げさとも思える賞賛だが、雲嵐は大真面目に続ける。

結果として、春鈴のお陰で鵬国は持ち直したという事になる。雲嵐達からすれば、春鈴は青藍になくてはならない存在なのだ。

雲嵐が退室すると、杏里が肩を竦める。

「春鈴様の事を悪女だなんて言い出したときはびっくりしちゃいましたよ。もう少し優しい言い方があるでしょうに」

「いいのよ。はっきり言ってくれた方が分かりやすいし。それに雲嵐も結構気を遣ってくれてたわよ。あんなに喋ってくれたの、久しぶりじゃない?」

「確かにそうですね……それにしても、例の貴族の連中、馬鹿なんですかね？　床入りして一月で子を産むなんて、あり得ないですよ」

憤慨する杏里に、春鈴は苦笑する。殆どの貴族は恐らく迷信と割り切っていて、真実は精神的に正妃を追い詰めるための方便として利用しているだけだ。

これからも、様々な方法で春鈴に悪意を向けてくるだろう。そしてそれは、青藍が寵妃を娶るまで続くに違いない。

――ここで折れたら負けだけど……覚悟はしておかないと。

自分が責められるだけならまだしも、痺れを切らした貴族達が政務の妨害に出たら青藍に迷惑がかかる。

春鈴は自分が正妃として何を優先するべきが、改めて考えることにした。


正殿に詰めていた青藍が後宮に戻ったのは、雲嵐が手紙を持って訪れてから十日後の事だった。

少しばかりやつれたように見えるのは、気のせいではないだろう。

「後宮へお渡りいただき、嬉しく思います。ですが、連日のお勤めでお疲れでしょう？　今日はゆっくりお休みください」

私室に入ってきた青藍を、春鈴は深く頭を下げて出迎えた。今までなら気楽な出迎えの挨拶だけで済ませていた春鈴がいきなり正式な礼で迎えた事に、青藍は驚きのあまり目を見開いている。

「春鈴……」

他人行儀な物言いにショックを受けたのか、青藍の表情が曇る。二人きりの時だけ見せる、あの子犬のような目で見つめられたら決心が揺らぎそうなので、春鈴は慌てて説明する。

「あなたは鵬国の皇帝なのよ。私も立場を弁えた物言いをしなくちゃって思っただけ。それと、寵姫の件をもう一度考えたいと思っているの」

一部の貴族の世迷い言に屈したのではなく、皇妃として考えて出した結論だ。

「これからはお互いに、皇帝と正妃の立場を……」

けれど彼の鋭い眼差しに射られ、言葉は途中で途切れてしまう。

怒っているのではないと分かるが、青藍からは有無を言わせない強い意志が感じられ春鈴は黙って彼を見つめ返す。

「君に伝えなくてはならないことがある。君が気にかけている寵姫についてだ。心を静めて、聞いてほしい」

「はい」

皇帝としての威厳のある声音に、春鈴は姿勢を正して頷いた。

――やっぱり寵妃を持つつもりでいたのね。

寵姫の廃止は、青藍の一存で決められたものだ。貴族達からの反発は未だにあり、恐らくは政務に支障を来しているのだろう。

やはり強行したのは得策ではなかったと、春鈴は思う。自分を大切に思ってくれるのは嬉しいけれど、結果として青藍が政務を行えなくなるのならそれは無意味な改革でしかない。

鵬国の未来を考えれば、貴族達と折り合いをつけるためにも数名の寵姫は必要だろう。

覚悟していたはずなのに、いざ彼の口から直接告げられるとなると急に胸が痛くなって涙が溢れそうになる。

——やだ、私ったら……こんな事で泣いてたら、青藍を困らせるだけなのに。

必死に感情を押し殺そうとするが、うまくできない。

「っ……青藍……私……」

すると青藍が春鈴をそっと抱き寄せた。至近距離で視線を合わせ、彼が子どもに言い含めるように優しく告げる。

「勘違いさせてしまったようだから先に言うけれど、俺は春鈴以外と褥を共にするつもりはないよ」

「え、違うの？」

「俺が愛してるのは、春鈴だけだ」

頬に手が添えられ、軽く上向かされた春鈴の唇に青藍のそれが重ねられた。啄ばむように唇を吸われ、くすぐったくて口を開くと舌が滑り込んでくる。

「ぁ、ん」

舌が絡まり、吐息までも奪うような激しい口づけに思わず春鈴は両手で彼の胸を押す。けれど腰に腕を回され、離れることは叶わない。

体を求めてくる時と同じ体の芯を煽り立てるような口腔への愛撫を受けて、春鈴は立っていられなくなる。

「まって、青藍……息、くるしい」

唇が離れた僅かの間に、春鈴は吐息と共に彼を止める言葉を紡いだ。苦しげなその声を聞いて青藍も我に返ったのか、名残惜しげに唇を舐めると口づけを止めてくれた。

「――幼い頃から、ずっと春鈴に焦がれていた。亜門殿が輿入れに同意してくれなかったら、俺は春鈴を奪いに行くつもりでいたんだぞ」

唇を尖らせて文句を言う青藍は、いつもの青藍だった。未だにこうした熱烈な告白に慣れない春鈴は、耳まで真っ赤になってしまう。

「いえ、あの……でも……本当に、大丈夫なの？」

問うたのは、寵姫の件だ。

すぐに青藍は察してくれて、力強く頷く。

「寵姫を娶れと騒ぎ立てている者は、ごく一部の者だけだ。直属の部下達は、俺の意思を尊重してくれているし何より春鈴が妃として相応しいと認めている」

どうやら雲嵐の言っていた事は気休めではなく事実なのだと、やっと春鈴も理解する。

「けれど、世継ぎは……」

「俺達が婚礼を挙げて、まだ半年だぞ。急かされて、どうなるものでもないだろう。それに俺としては、子ができなければ養子を取ればいいと考えている。何なら弟妹の中で素質のある者を次代の帝に推挙してもいい」

「そんな事まで考えてたの？」

「当然だ……ともかく、世継ぎや寵姫の件は気にしなくていい。春鈴には、もっと重大な事を伝えなくてはならないんだ」

一呼吸置き、青藍が意を決した様子で口を開く。

「今日、湖延利に対して改めて決議を行った」

「……延利？　どうして？」

彼は既に辺境への追放という刑罰に処されている。霧国と鵬国を争わせようとした罪を暴露され死罪になるはずだったが、同じ夢帰りという事で春鈴が寛大な処置を望んだ結果だ。

春鈴からすれば生涯辺境で監視されながらの生活など、死罪よりはマシという程度だと考えていたのだが、思っていた以上にあの男はしぶとかったようだ。

「辺境を統治する貴族に取り入り、よからぬ事を吹き込んでいたらしい。あの男が夢帰りであるのは伝えてあったのだが、それが良くなかった――」

どうやら延利はその口のうまさと夢帰りの知識を使い、辺境の貴族に反乱を促したようだ。

『悪女春鈴が皇帝を誑かし、政務は混乱に陥る』と。

夢帰りの者がまことしやかに告げれば、信じてしまう者もいるだろう。事実、辺境の貴族は欺されたわけだし、夢の世界でも彼の外面の良さは直前まで見抜くことができなかった苦い経験は、春鈴が一番よく知っている。

自分の考えが甘かったことを思い知らされ、春鈴は項垂れた。

「幸い内密に様子を探っていた宇航と美音が、反乱の兆候に気付いて連絡をしてくれたんだ。お陰で全ては未遂で終わっている」

「悩んでいたのは、その事だったのね」

「君に話せば、心を痛めるだろう？　辛い思いをさせられたのに、同じ夢帰りのよしみで庇った春鈴を貶める真似をしたあの男を、俺は許すことができない」

青藍の言う事は尤もだ。

何より鵬国への反逆罪という時点で、死罪を言い渡されても当然のことを彼はしている。

「それで、あの人はどうなるの？」

愛情も同情もないが、やはり今後のことは気にかかる。

「死罪が妥当という案も出たが、貴族の身分と夢帰り、何より春鈴の下した刑罰をそう簡単に覆すことはできない」

つまり延利は、非常に微妙な立場の人間なのだ。自分が刑罰に関して口出ししてしまったことで、正当な罰を与えられないのだと春鈴は気付く。

「私が余計な事を言ったせいね」

「いや、しかし俺としても仕出かした罪の重さを、思い知ってほしいと思っていたからね。ある意味、死罪は処刑してしまえば終わりだろう？　だから彼には生涯反省してもらうために、さらに北にある島に幽閉する事を決めた」

「北の島に、幽閉？」

「鵬国にはひどい罪を犯した者が送られる島がある。船は囚人を送るとき以外には行き来がないし、基本的に自給自足だ。元貴族が暮らすには、過酷な環境だろう」

淡々と話す青藍の言葉から察するに、恐らくは生き延びることも難しい環境の島なのだと春鈴は理解した。

「これはあの男が自ら招いた結果だ。分かってくれるね、春鈴」

「ええ」

こうまでしなければ、延利は再び何かしらの手段を使って春鈴に害を及ぼすだろう。それだけ彼の執着は強く、恐ろしいものだと今更怖くなった。

「春鈴、君は優しい。しかしその優しさを与える相手を間違えてはいけない」

大きな掌が、春鈴の背を擦る。

「ありがとう、青藍」

自分に代わって厳しい罰を下してくれた青藍に、春鈴は心からの礼を述べた。

重苦しい空気を振り払いたくて、その夜の夕餉は杏里や雲嵐、そして親しい女官も交えたささやかな宴会を催した。

急な事だったので料理は普段と変わらないが、気の置けない友人達と囲む食卓は楽しいものだ。

夕餉が終わり、それぞれが自室に戻るのを見送ってから、春鈴も青藍に手を引かれて夫婦の寝室へと向かう。

独り寝の時は別室を使っていたので、共寝用の寝台に上がるのは久しぶりだ。

「ちょっと青藍。何してるの。疲れてるんでしょ！　早く寝なさい！」

「春鈴姉さんと子作りしようと思って」

「だからその呼び方は止めて！」

「じゃあ姉さんも、俺を年下扱いするのは止めてほしいな」

寝室に入るなり、寝台に押し倒された春鈴は抗議の声を上げた。杞憂が晴れたとは言え、青藍が政務で疲れていることに変わりはない。

しかし青藍は咎める春鈴を無視して、着物を剥ぎ取っていく。

帯を解き、合わせ目を広げると露わになった豊満な胸に唇を寄せてくる。

「やんっ」

乳首を甘噛みされて、春鈴は甘い悲鳴を上げた。胸を揉みしだきながら乳首を舌で転がされると、全身が汗ばんでくる。

「感じやすくなったね、春鈴」

「誰のせいだと思ってるの」

涙目で睨み付けると、嬉しそうな笑みが返される。

「俺しかいないだろ」

欲情した雄の眼差しで見つめられ、春鈴は息をのむ。

「んっ……ひっぁあッ」

すっかり開発された胸を揉まれ、もう片方の手で下腹を撫でられる。体はその先を期待して、お腹の奥がじわりと熱を帯び始めた。

中途半端に着物を纏った姿で乱れる自分が、肌を曝す僅かな時間ももどかしくて求めているみたいでひどくいやらしく思える。

「青藍、着物を……汚れてしまうわ」

「こういうのも、悪くないだろう？　首筋に絹が汗で張り付いて、すごくいやらしいよ」

「ばか！　ぁあっ」

首筋を強く吸われて身悶えてしまう。きっと赤い痕が残ってしまっただろう。

久しぶりの交わりだからか、青藍は欲望を隠しもしない。

「やんっ」

不意打ちで、彼の指が膣に入ってくる。受け入れるための蜜が滲み出していたそこは、少しの抵抗があっただけで指を銜え込んだ。

優しい動きで春鈴の悦い部分を擦り上げ、中を解していく。

「あっあ……」

恥ずかしいのに、声を抑えられない。

春鈴の蜜壺は愛しい相手の愛撫に陥落し、奥がじんわりと疼いている。

――わたし、もう……。

臍の下がきゅんと切なく痺れる。はしたない体は、青藍を受け入れる事でしかこの熱を消すことはできないのだ。

浅い呼吸を繰り返す春鈴の耳元で、青藍が囁く。

「入れるよ」

頷くと指が抜かれ、着物の前をくつろげた青藍が春鈴の脚を広げた。滑らかな内股に、快楽の汗が伝う。

恥ずかしい場所に視線を感じて無意識に脚を閉じようとしたけれど、力が入らない。

「まって、見ないで……あ、あっん……」

反りかえった雄の先端が、秘所の入り口に触れた。そしてゆっくりと、春鈴の中へと挿《はい》ってくる。

「ひ、っぅ」

何度も受け入れているのに圧迫感がすごい。

「呼吸を止めないで、力を抜くんだ」

「むり、よ……あっ」

浅い場所にある敏感な一点をカリに押され、たまらず身を捩る。逃げようとしても腰を掴まれているので、春鈴は甘く喘ぐことしかできない。

「ここで気持ちよくなる？　それとも、奥まで挿《い》れてもいい？」

「や……もう、聞かないで……意地悪、しないで……」

「ごめん。春鈴が可愛くて。もう意地悪しないから、許して？　俺、春鈴が気持ちよくなることだけするからさ。ね、許してくれるなら、俺にしがみついてよ」

啄ばむような口づけを繰り返しながら、青藍が囁く。淫らな誘いなのに、彼の背に縋り付いてしまう自分が恨めしい。

「ありがとう、春鈴。君の夫になれて、俺は世界で一番幸せな男だ」

ゆっくりと内壁をかき分けて、逞しい雄が最深部に食い込む。

「……ぁ……深い……」

こんなに深くまで受け入れたのは、初めてかもしれない。じんじんと疼くそこを押し潰されて、甘い波が絶え間なく春鈴を苛む。

根元まで入れると、青藍は春鈴の体が馴染むまで待つつもりなのか動きを止めた。そして腰を抱いていた手を離し、優しく胸を揉みしだく。

硬くなった乳首を指が掠める度に、焦れったい熱が蓄積されていく。次第に何をされているのかも分からなくなってきて、春鈴は青藍の愛撫に翻弄されるだけになる。

暫くしてやっと胸から手が離れると、今度は片手が、繋がったそこの少し上にある花芯を摘まんだ。びりびりとした強い快感が背筋を走り抜け、蜜壺がきゅうっと締まる。

「あ、あぁ……それ、だめなのっ」

嫌なのに、腰が浮いてしまう。図らずも腰を押しつけるような体勢になってしまったが、快楽に溺れる春鈴は気付いていない。

膣から溢れた愛液を青藍が指ですくい取り、花芯に擦り付ける。

敏感な部分を優しく撫でる愛撫に体は痙攣し、体の奥深くに埋められた雄を締め付けてしまう。

けれど青藍は先程の言葉通り、春鈴の快楽ばかりを優先して動こうとしない。

「青藍……私、もう……」

「焦らしすぎたかな?　動いてもいい?」

こくこくと頷くと、青藍が上体を起こし両手で春鈴の腰を掴む。そのまま上下に揺すられ、春鈴は声も上げられず達した。

「ッ……ぁ」

痙攣する蜜壺から硬い雄が引き抜かれ、再び押し込まれる。すっかり蕩けた蜜壺は、悦びを欲して強く締め付けた。

「あ、んっ……あぅ……ッ」

最奥を小突かれて上り詰めると、そのまま硬い先端で捏ねられる。達した状態が終わらないまま、立て続けに強い快楽が押し寄せる。

「青藍。……せいらん……ああっ」

「綺麗だよ、春鈴」

何度も上り詰め、青藍の背にしがみつく力も無くなった頃、やっと突き上げる動きがゆったりとしたものに変化した。

ほっとして呼吸を整えようとしたその時、油断して力の抜けた春鈴の奥を雄が貫く。

「っう……あっ」

「愛してる、春鈴」

愛の言葉と同時に、最奥に青藍が射精した。その熱と量に、春鈴は身を震わせる。

「ひ、ぁあっ」

甘い悲鳴を上げて縋り付く春鈴を、力強い腕が抱き返す。

「こんなに細い体で俺を受け入れてくれて……嬉しいよ」

「もう……ばか、青藍……」

言葉とは裏腹に、蜜壺は青藍の雄をきつく食い締めて痙攣を続けていた。

＊＊＊＊＊

新帝の即位に伴う行事が終わり一段落した頃、春鈴は張り詰めていた気力が解けたのか体調を崩した。

「健康なのが取り柄なのに」

「無理をするからですよ。当分はお仕事も休んでくださいね」

「はーい」

寝室に春鈴の好物である桃を運んできた杏里との遣り取りを聞き、御殿医が笑いをかみ殺す。

「仲が宜しいのですね」

「ええ。今じゃすっかり、立場が逆転しちゃって」

「だって春鈴様。夢帰りをしてから何だかか弱くなっちゃって。守りたいっていうか、なんかそんな雰囲気なんですもの」

「えー。じゃあ私って、陰キャ属性にか弱い系までプラスされたってこと？　盛りすぎじゃない？」

「また夢の世界の意味が分からないお言葉を遣って……お医者様が驚いてるじゃありませんか」

堪えきれず御殿医が噴き出し、つられて春鈴と杏里も笑ってしまう。

「……申し訳ございません。ええと、お妃様の病名ですが……」

こほんと咳払いをして、御殿医が微笑む。

「ご懐妊でございます。疲れもありますので、栄養のある食事をして休まれるのが一番の薬ですよ」

「えっとそれって……」

「お子ができたって事ですよね！　青藍様を呼んできます！」

引き留める間もなく杏里が部屋から出て行く。確か今日は地方の領主を招いての、月に一度の会議のはずだ。杏里のことだから、気にせず広間に乗り込んで青藍を引きずってくるだろう。

大騒ぎになるのは目に見えているが、もうどうしようもないので深く考えないことにする。

「おめでとうございます」

「最近怠かったのって、妊娠してたから？」

「そうでございましょうね。昼でも眠くなったり、食欲が落ちるのは妊娠の兆しです」

言われてみれば、確かにお腹が少し張っている気がする。

「後ほど妊娠初期の過ごし方を書いた書物をお持ちしますので、気分の良いときに目を通してくださいませ」

「ありがとう」

「ですがなにより必要なのは……ああ、もういらっしゃいましたね」

廊下から愛する人の声と足音が聞こえてくる。

「あの、必要なものだけでも教えてください」

「愛情でございますよ」

御殿医が言い終わると同時に、青藍が寝所に文字通り飛び込んでくる。そして春鈴を抱きしめた。

「春鈴！」

「青藍、私……きゃあっ」

青藍に横抱きにされた春鈴は、そのまま庭へと連れ出される。咲き誇る花々の中で、青藍が笑う。

「愛してるよ春鈴。君も子どもも、俺が生涯をかけて守るよ」

「ええ、私もあなたとこの子を守るわ青藍」

まだ僅かな膨らみの腹に手を当てて、二人は口づけを交わした。

あとがき

はじまして、こんにちは。高峰あいすです。

この度は本を手に取って頂き、ありがとうございました。

ガブリエラブックス様からは三冊目の本となります。こうして皆様のお手元に届けることができるのも携わってくださった全ての方のお陰です。ありがとうございます。

そしていつも見守ってくれる家族と友人に、感謝いたします。


担当のH様。初っぱなからご迷惑おかけして、すみませんでした。頭が上がりません。

美しいイラストを描いてくださったSHABON先生。もう青藍が滅茶苦茶格好いいです！　ラフを頂いてから、作業中の目の保養にしてました。春鈴も可愛らしい中にも美しさがあって、感激しました。


今回は異世界転生（ちょっと違いますが）ものに挑戦してみたのですが、いかがでしたでしょうか？　新しい世界で悩みつつも頑張って生きる主人公を目指してみました。

春鈴はこれまでの人生が大変だったので、これからは青藍に甘やかされればいいと思います。

「この子はとにかく、幸せにしなくちゃ」と、考えながら書いてました。

それでは最後までお付き合い頂き、ありがとうございました。

読んでくださった皆様が、少しでも楽しんで貰えたら嬉しいです。

ではまた、ご縁がありましたらよろしくお願いします。

高峰あいす公式ブログ「のんびりあいす」http://aisutei.sblo.jp/　こちらがメインです。

サイト「あいす亭」http://www.aisutei.com/　更新少ないです。

高峰あいす

公式ブログ
◆のんびりあいす◆

ガブリエラブックス好評発売中

gabriella books

スパダリ御曹司は子育てシンデレラに溺愛求婚中!

高峰あいす　イラスト：森原八鹿 ／ 四六判

ISBN:978-4-8155-4033-3

利害一致の偽装恋人のはずが
とろとろに愛されて!?

頑張り屋の OL 藤花は、ある日奔放な母に 21 歳差の妹を預けられる。戸惑いながらも育児と仕事をこなすが過労で倒れ、アパートも追い出されることに。
そんな藤花の境遇を知った御曹司の和真が「恋人のふりを条件に自分の家に住まないか」と持ち掛ける。彼のお見合いの回避のためと言われ引き受けてしまった藤花だが、妹ともども、どろどろに和真に甘やかされ!?

ガブリエラブックス好評発売中

gabriella books

転生崖っぷち宮女はクールな絶倫皇帝の溺愛花嫁になりました
陛下、独占欲がだだ漏れです!

東 万里央 イラスト：すずくらはる ／ 四六判

ISBN:978-4-8155-4311-2

「私をもっと欲しいと鳴いてくれ」

現代から異世界に転生した元経理 OL の雪梅は、父親から妓楼に売られたところ、お忍びで来ていた皇帝・康熙に助けられる。彼女の経理の才能を知った康熙は、その後雪梅を後宮の会計を担う宮女に推薦すると、彼女の元を訪れては溺愛してくる。「お前はここがよく感じるんだな。覚えておこう」快感を教え込まれ熱い求愛に惹かれる雪梅だが、康熙の異母弟・聖明にもなぜか興味を持たれて…!?

ガブリエラブックス好評発売中

gabriella books

離縁されました。再婚しました。2

仮面陛下の愛妻

東 万里央 イラスト：すずくら はる ／ 四六判

ISBN:978-4-8155-4070-8

初めてのお忍び旅行は波乱と溺愛がいっぱい!?

王妃になって 3 年、相変わらず国王ロランとラブラブな生活を送るクロエは、ある日過労で倒れて遠方の街で静養することに。そこでロランと同じ赤い瞳を持つ寡黙な自警団の団長・ジャンに出会うが、なぜか彼に興味を持たれてしまう。そんな中、街を騒がす連続放火事件で人助けをしたことから、クロエは『聖女』と担ぎ上げられてしまい!?

ガブリエラブックスをお買い上げいただきありがとうございます。
高峰 あいす先生・SHABON先生へのファンレターはこちらへお送りください。

〒110-0016 東京都台東区台東4-27-5 (株)メディアソフト
ガブリエラブックス 編集部気付 高峰 あいす先生／SHABON先生 宛

gabriella books

MGB-095

破滅まっしぐらの転生悪役令嬢ですが、いつの間にか執着皇子の溺愛ルートに入っていたようです

2023年8月15日 第1刷発行

著　者　高峰《たかみね》 あいす
装　画　SHABON《しゃぼん》
発行人　日向晶
発　行　株式会社メディアソフト
〒110-0016
東京都台東区台東4-27-5
TEL：03-5688-7559　FAX：03-5688-3512
https://www.media-soft.biz/
発　売　株式会社三交社
〒110-0015
東京都台東区東上野1-7-15
ヒューリック東上野一丁目ビル3階
TEL：03-5826-4424　FAX：03-5826-4425
https://www.sanko-sha.com/
印　刷　中央精版印刷株式会社
装　丁　小石川ふに(deconeco)
組　版　大塚雅章(softmachine)

ISBN 978-4-8155-4321-1